OYANA

Éric Plamondon est né au Québec en 1969. Il a étudié l'économie et le journalisme à l'université Laval et la littérature à l'UQAM (université du Québec à Montréal). Il vit dans la région de Bordeaux depuis 1996 où il a longtemps travaillé dans la communication. Il est l'auteur au Quartanier d'une trilogie romanesque, *1984*, et chez Quidam éditeur de *Taqawan*, prix France-Québec 2018, et *Aller aux fraises*.

Paru au Livre de Poche :

TAQAWAN

ÉRIC PLAMONDON

Oyana

QUIDAM ÉDITEUR

ISBN : 978-2-253-18114-9 – 1re publication LGF

Attachons les épaves aux vessies des baleines.
Richard DESJARDINS

PREMIÈRE PARTIE

« Cette lettre, mon amie, sera très longue. Je n'aime pas beaucoup écrire. J'ai lu souvent que les paroles trahissent la pensée, mais il me semble que les paroles écrites la trahissent encore davantage. Vous savez ce qui reste d'un texte après deux traductions successives. Et puis, je ne sais pas m'y prendre. Écrire est un choix perpétuel entre mille expressions, dont aucune ne me satisfait, dont aucune surtout ne me satisfait sans les autres. [...] S'il est difficile de vivre, il est bien plus malaisé d'expliquer sa vie. »

Marguerite YOURCENAR
Alexis ou le Traité du vain combat

8 mai 2018

Pour toi, Xavier

Je te dois un tas d'explications. Ça risque d'être long. J'essaie depuis plusieurs jours de trouver comment le faire. Quoi qu'il en soit, j'ai décidé de ne pas te demander pardon. Ce que je te demande, c'est d'essayer d'au moins comprendre en dépit des raccourcis inévitables.

Je pourrais te demander de me faire confiance, mais tu le fais déjà depuis plus de vingt ans. Et comment te demander cela alors que je me prépare à t'expliquer que tant de choses étaient fausses ?

Pour que tu comprennes dans quel état d'esprit je me trouve, je n'ai pas jeté mes premiers brouillons. Je veux que tu saches mes tâtonnements, que tu saisisses par ces débuts avortés ce que cela me coûte.

5 mai 2018

Dire la vérité ou m'enfuir sans un mot parce que les remords se sont accumulés ? M'asseoir devant toi pour tout révéler ou prendre mes jambes à mon cou ? Parce que je ne sais que faire, parce que je n'ai pas de réponse, j'ai décidé d'écrire. Je tourne autour depuis hier, pour ne pas dire depuis toujours. C'était déjà là quand nos chemins se sont croisés au Mexique, quand nous avons eu notre coup de foudre. C'était comme tu disais au début : tomber en amour.

Tunnel

Les trois hommes se relaient toutes les heures dans l'étroit conduit pour creuser. Au fond du trou, Iban pense à la femme qu'il a quittée pour venir ici se battre pour la cause. La femme est enceinte. Elle accouchera avant la fin de l'année. Lui doit creuser. Il faut que le tunnel atteigne le milieu de la rue Claudio Coello pour ensuite y entasser un maximum de dynamite, deux mètres sous la chaussée. Les trois hommes procèdent avec la plus grande prudence. L'opération dure depuis des mois mais on touche au but. On connaît l'emploi du temps du Premier ministre par cœur. Il emprunte cette rue chaque matin après une visite à l'église Saint-François-di-Borgia. Il commence toujours sa journée de travail par une prière.

Le détonateur est connecté. Les trois hommes ont préparé leur fuite dans les moindres détails. Ils changeront de véhicule à mi-chemin pour semer d'éventuels poursuivants. C'est bientôt Noël. Mika, déguisé en électricien, tient le détonateur. Iban guette la rue, prêt à donner le signal. Jon au volant de la Fiat laisse tourner le moteur. La luxueuse Dodge Dart approche.

Au moment où elle atteint la zone fatidique, Iban donne le signal, Mika active le détonateur et la force de l'explosion fait s'envoler vers le ciel le Premier ministre, son garde du corps et son chauffeur. Le souffle est si puissant que la voiture blindée est projetée à trente mètres dans les airs au-dessus d'un immeuble et s'écrase dans la cour intérieure du couvent voisin. La poussière n'est pas encore retombée que Jon, Mika et Iban sont déjà loin. Carrero Blanco agonise, le garde et le chauffeur sont morts.

Au même moment, alors qu'ETA vient de réaliser l'attentat le plus spectaculaire de son histoire, une femme donne naissance à une petite fille. Nous sommes le 20 décembre 1973. Oyana vient de voir la lumière au bout du tunnel.

5 mai, toujours

Ce matin après ton départ pour l'hôpital, j'ai marché jusqu'au parc du Mont-Royal. J'avais besoin de prendre l'air. Il faisait beau. Je voulais voir la ville. Hier soir au resto japonais j'ai feuilleté le journal. Une brève annonçait qu'à 6000 kilomètres d'ici, l'ETA avait cessé d'exister. Je suis allé voir sur Internet ce matin après ton départ au travail. L'organisation armée indépendantiste basque a décidé de se dissoudre. Ses membres ont décidé que la lutte armée était terminée : les armes et la violence ne seront plus une solution pour faire des sept provinces basques un pays. L'État espagnol et l'État français n'auront plus à craindre les fusillades, les explosions, les attentats. Ils voulaient sauver leur langue par la bouche des canons, leur culture par la dynamite. Que peut-il rester de tout ça ? Les traumatismes dans les mémoires ? Le nombre de cadavres depuis 1953 ? Une certitude demeure : la peine des proches, des familles, des amis. Depuis vingt-trois ans que je vis à Montréal se pose pour moi et pour la première fois la question du retour.

Encore le 5 mai

J'ai décidé d'écrire parce qu'il m'est impossible de parler. Je pense que je ne veux pas entendre les mots que je dois dire. Certains en particulier… Les écrire me donne la possibilité de les détruire au dernier moment, s'il le faut. Il me semble plus simple de regretter ce que j'ai écrit que ce que j'aurais dit. Je me trompe peut-être mais c'est ce que j'ai toujours fait. Je rumine longtemps avant de parler et après c'est souvent trop tard. Depuis une époque de ma vie, le mode du secret s'est imposé. Cela s'est fait sans que ce soit un choix. Alors ce que tu vas lire sera douloureux, comme il est douloureux pour moi de l'écrire. Tu vas découvrir la face cachée de celle avec qui tu vis depuis des années, qui en a été aussi heureuse que parfois dépitée. La vie a décidé que je devais faire face à mes fantômes. Peu importe ce qui en résultera.

J'écris tout ça dans la précipitation. J'espère avoir terminé dans quelques jours. Je veux réussir à préserver l'essentiel tout en te disant des choses qui n'auront pour toi, peut-être, que le goût de la trahison. Sache pourtant que si tu n'avais pas été la personne la plus importante de ma vie, si je ne t'avais pas aimé profondément, je ne prendrais pas la peine de m'arracher le cœur pour venir coucher tout ça ici. Le secret que je dissimulais a sans doute rongé le lien entre nous. Je vais partir. Partir affronter mes démons. L'abandon est le prix de ma survie.

Guernica

Iban ne sait pas encore. Lui et ses camarades ne doivent quitter la planque sous aucun prétexte. Il faut attendre, se cacher. L'attentat est un tel événement que les autorités refusent d'admettre qu'il puisse s'agir d'une attaque de l'ETA, qui revendique bel et bien l'élimination du bras droit de Franco. L'Espagne est en émoi. La police française est sur les dents. Les trois hommes jouent aux cartes. Iban ne sait pas qu'il est le père d'une petite Oyana.

Il sait qu'il a fait ce qu'il croit juste. Il sait qu'il a autant agi pour la mémoire de ses ancêtres que pour l'avenir de son enfant. Il veut pouvoir redevenir maître d'un pays qui se divise en sept provinces entre l'Espagne et la France : *zazpiak bat**. Il pense à son pays. Il pense à Guernica, à la ville et au tableau de Picasso qui crache à la gueule des touristes la barbarie de la guerre dans un musée quelque part à New York. Le tableau doit rentrer, Franco doit

---

* Les sept font un.

partir. Quand il ne reste rien, il reste la lutte armée. Il doit libérer son peuple. Cela dure depuis trop longtemps, depuis bien trop longtemps.

6 mai, dimanche

Vendredi, tu es rentré tôt de l'hôpital, et on se faisait une joie de manger des sushis devant un film. La commande passée par téléphone, je suis allée la chercher en voiture pour gagner du temps. Quand je suis revenue, tu m'as demandé si tout allait. J'ai répondu que je sentais monter une migraine. On a regardé *Wind River*. J'ai à peine touché aux makis et bu trop de vin. Le film était bon mais trop violent pour moi, trop prise de tête pour mon humeur. Pourtant les scènes de motoneiges me rappelaient nos escapades dans la forêt derrière chez ta grand-mère avant son décès. La maison vendue, nous n'avons plus fait de Ski-Doo. Mon humeur de chien, cette fois, c'était autre chose qu'une montée de migraine. Elle s'expliquait par ce qui venait de se produire au restaurant japonais tandis que j'attendais. Près de la caisse, au comptoir, j'ai feuilleté le journal. Je l'ai ouvert au hasard pour tomber sur cette brève de la section internationale : *L'ETA, c'est fini !* L'organisation terroriste basque annonçait sa dissolution. Quand mes yeux se sont posés sur ces lignes, le resto s'est mis à tanguer, les effluves de gingembre et de wasabi m'ont donné envie de vomir. J'ai demandé au serveur où étaient les toilettes. J'ai repris péniblement mon souffle devant le miroir, oppressée. J'avais froid. Je transpirais. En appui contre le lavabo, j'ai fait couler de l'eau pour m'asperger le cou et le visage. Je me suis regardée. J'étais rouge écarlate. Comme hors de moi. Il fallait à tout prix que je me calme. Je suis sortie et je me suis assise à une table. Le serveur m'a regardée bizarrement, disant que la commande était prête. Je lui ai demandé s'il pouvait m'apporter un verre de vin rouge et un coke, à prendre sur place. Puis j'ai bu la moitié du rouge avant d'y verser le Coca-Cola. Je n'avais pas bu de *calimucho* depuis une éternité.

6 mai encore

Peut-être que cette lettre va te détruire mais ne pas l'écrire m'est impossible. Tu dois considérer que ce que tu vas lire est vrai. J'ai décidé de te dire toute la vérité, juste la vérité. Ce ne sera facile ni pour toi ni pour moi. Me taire n'a plus lieu d'être. Je pourrais ne rien écrire, te quitter sans explication. Tu serais rentré un soir et je n'aurais plus été là. J'y ai pensé. Ça, c'est la première vérité que je te dois. J'ai souvent pensé à tout arrêter, à en finir parce que ça paraissait plus simple. Je n'ai pas eu ce courage, je n'ai jamais eu ce courage. Tu comprendras bientôt pourquoi. Tant d'années depuis notre rencontre, depuis cette chose à laquelle je pense fatalement. Cette chose qui est devenue une part de moi-même et que je n'en peux plus de taire.

Par où commencer ? Je pourrais revenir sur notre rencontre dans cet hôtel de Mexico à l'été 1995, mon arrivée chez toi à Montréal trois mois plus tard, notre union, notre vie. Mais ces grandes lignes tu les connais, nous les avons vécues ensemble. Il faut que je remonte à la source, celle du mensonge ou celle de ma vie. Qui déjà fait partie du mensonge. Oui, je vais commencer par là, même si tu dois déjà être déboussolé, perdu dans ces mots qui n'ont pour l'instant de sens que pour moi. Sois patient, je patauge. Il n'y a pas de manière idéale pour dire ce que j'ai à dire. Ça ne peut pas être parfait. Ça ne peut pas l'être car il est trop tard. La vérité a besoin de l'instant alors que le mensonge se nourrit de la durée. D'ailleurs, pourquoi ai-je décidé de t'écrire maintenant ? En fait, je vais commencer par ça, le choc, cette nouvelle que j'ai eue sous les yeux et qui a fait sauter un verrou, qui produit ce débordement désordonné, mes tentatives avortées de dire. De te dire aussi ce qui n'allait plus et que j'ai tu.

¿ A que altura ?

L'explosion a été si puissante que Son Excellence Monsieur le Président du gouvernement, l'amiral Don Luis Carrero Blanco, s'est envolée. L'Ogre n'est plus. Il est au ciel. *Operación Ogro* terminée. Le numéro deux du régime franquiste vient d'être éliminé par l'organisation Pays basque et Liberté, *Euskadi ta Askatasuna.*

Le livre de Julien Agirre relate tous les détails de cette mission : *Operación Ogro. Como y por qué ejecutamos a Carrero Blanco**.

Vingt ans plus tard, Blanco restait le symbole le plus fort de l'action de l'ETA. Dans la vie de tous les jours, il était devenu une blague : le premier astronaute espagnol. Dans les manifs, on scandait « Plus haut, plus haut, que Carrero Blanco ». À Madrid, quand quelqu'un prenait un taxi pour aller dans la rue où avait eu lieu l'explosion, certains chauffeurs de taxi se plaisaient à demander aux passagers qui se rendaient rue Claudio Coello : à quelle hauteur exactement ?

---

* Ediciones Mugalde, Hendaye, 1974.

De la part de l'État espagnol, Blanco a eu ses monuments commémoratifs, ses plaques d'honneur, son nom gravé par le pouvoir officiel.

Lundi 7 mai

Xavier,

J'avais besoin que tu lises ces bouts de lettres en forme de faux départs pour mieux appréhender le mien.

Je vais te parler du Pays basque, ce lieu de ma naissance que j'ai toujours affirmé avoir quitté après la mort de ma mère. Ma mère n'est pas morte quand j'avais 12 ans, Xavier, mon père n'est pas mort en mer à cause de son travail de pêcheur en 1973.

J'ai grandi à Ciboure jusqu'en 1995. Je t'expliquerai le Mexique plus tard. J'ai tenté des dizaines de fois d'écrire tout ça. J'ai même commencé une sorte de roman pour tenter de te dire mon secret sans le dévoiler. Je te donnerai quelques chapitres pour que tu comprennes mieux, pour que tu comprennes pourquoi je cachais l'écran de l'ordinateur quand tu venais m'embrasser dans le cou en me demandant ce que je faisais. Mon travail de traductrice me rendait la tâche facile. Je disais travailler sur un document confidentiel. Ce qui était parfois vrai avec mes contrats pour des compagnies pharmaceutiques.

J'ai passé plus de la moitié de ma vie ici avec toi, cela fait vingt-trois ans que nous vivons ensemble, vingt-trois ans à fuir et me battre pour oublier de regarder derrière moi. Seule solution. Il y a toujours ceux qui vous disent qu'on peut choisir, que tout dépend de nous, qu'on fait sa chance. Peut-être est-ce vrai à certains moments, mais tellement faux à d'autres. Je ne connais personne qui, dans l'existence, n'ait été poussé dans une direction par la force des choses contre son gré. Il vient des moments dans la vie où la question du choix ne se pose pas. On ne choisit pas : on agit. Pour moi, cela a pris la forme d'une course-poursuite dans les rues d'un village du Pays basque quand j'avais 21 ans.

Je ne pensais trop rien de la cause basque. Je n'avais pas réellement envie de m'en mêler. Mes parents ne parlaient jamais politique. J'en comprendrais la raison plus tard. Je ne parlais pas vraiment basque et je me tenais davantage avec une bande de fils à papa qu'une bande de révolutionnaires. Mon pays, c'était simplement un lieu magnifique. La mer, la montagne, les amourettes, faire de la photo, tout cela me suffisait, je n'avais pas besoin d'une cause pour exister. Quand, à l'été 1994, je suis venue passer les vacances chez mes parents comme d'habitude, je venais de terminer ma licence en arts plastiques à la fac de Bordeaux. Je voulais devenir photographe. J'avais envie de m'amuser, faire du surf, fumer des joints, assister à des concerts. Avec pourtant un projet derrière la tête : je rêvais d'un reportage photo au Québec, le long du fleuve Saint-Laurent, sur la route des baleines. Une amie avait fait le voyage l'année précédente. Son récit m'avait convaincue de partir à sa suite. Ma mère et mon père étaient ravis que je rentre à la maison. Une quatrième année de suite, un studio de Saint-Jean-de-Luz m'avait embauchée pour faire des portraits de touristes sur la plage. Puis il y a eu cette soirée dans un bar de Ciboure.

J'étais avec Manex, Ben et Miren. On avait fumé un peu d'herbe avant d'entrer. Les garçons se demandaient si les vagues seraient meilleures le lendemain à Bidart ou à Mayarco. Nous buvions des bières et du cidre. Je me souviens qu'on avait parlé de l'ouverture du tunnel sous la Manche. On allait pouvoir faire Paris-Londres en train. L'effet du cannabis montait dans nos têtes. On a perçu une rumeur à l'extérieur, un grondement de protestation avant que des policiers ne fassent irruption dans le bar. Il y avait trois garçons dans un coin que j'avais remarqués en rentrant. À la vue des policiers, ils n'ont pas hésité un seul instant. Le premier a sauté derrière le bar, le second a foncé tête la première dans le groupe armé et le troisième a pris la fuite vers le fond de la salle pour sortir par derrière. Dans la panique, nos corps ont bondi de nos chaises. Avec Miren, Ben et Manex, nous avons décampé. Un des policiers qui était tombé suite au coup de tête d'un des inconnus s'est relevé et s'est mis à nous courser. J'étais devant. En sortant dans la rue derrière j'ai pris à gauche dans la montée. D'autres policiers arrivaient. Ça hurlait derrière nous. J'ai sauté une clôture pour prendre à travers des bosquets, Ben et Miren ont fait pareil mais Manex a glissé, sans pouvoir se relever à temps. Par-dessus mon épaule, j'ai vu les coups de matraque s'abattre sur lui. Il gueulait à mort. J'aurais voulu aller l'aider, mais Ben m'a retenue par le bras. Miren nous a appelés pour la rejoindre un peu plus haut. On s'est remis à courir. On a tracé jusqu'à la tour et on s'est cachés derrière un muret. Le souffle coupé, affolés, sans comprendre.

Ce n'était pas la première fois que ce type de descente avait lieu dans un bar du Pays basque pour tenter de coincer des membres d'ETA mais c'était pour l'essentiel de simples manœuvres d'intimidation. Cette fois, les flics avaient apparemment visé juste. Dans la pagaille, notre premier réflexe avait été de fuir. Nous avions tous grandi avec le souvenir des assassinats dans des bars, que ce soit au Txiki, ou à Hendaye, ou à Bayonne au Monbar, ou à Saint-Jean ou ailleurs. Nous voulions nous sauver. J'ai souvent repensé à cet instant en me disant que tout le cours de ma vie aurait été différent si en ce début de soirée d'un été de ma vingtaine j'étais restée assise, si je n'avais pas bougé. J'aurais attendu que les policiers fassent leur boulot, qu'ils interrogent tout le monde. Je serais ensuite tranquillement rentrée chez moi et le lendemain allée surfer. Au lieu de quoi, le lendemain, Manex était mort. Je te laisse imaginer le choc, les larmes, la colère, l'impuissance devant cette répugnante bavure policière. On l'avait laissé inconscient dans une cellule à Bayonne et il ne s'était pas réveillé.

La police pensait avoir mis la main sur un membre de l'organisation terroriste. Mon cul, oui. Manex n'avait jamais milité. Pas plus que moi il n'avait envie de se mêler à l'ETA, en tout cas, pas avant cette soirée à Ciboure.

ETA

Entre 1968 et sa dissolution en 2018, l'ETA aurait fait 829 morts, dont 343 civils et 486 militaires et policiers. Des centaines de militants sont toujours emprisonnés.

La première victime de l'ETA, le 7 juin 1968, a été le chef de la police de San Sebastián reconnu comme ancien collaborateur de la Gestapo.

Mardi 8 mai

Si je vivais encore en France, un 8 mai, on me parlerait de la fin de la Seconde Guerre mondiale. J'aimerais voir cela comme un signe, un prélude à la fin de mon conflit intérieur. Quand tu es rentré hier soir, j'étais épuisée. Toi aussi. Tu venais de perdre un patient sur la table d'opération. Dans ces moments-là, tu es inaccessible, silencieux. Je te l'ai reproché parfois. Pas hier. Tu es allé au lit sans manger et je n'ai pas eu à me cacher. Tu m'as épargné de jouer à celle pour qui tout va bien, *dena ongi da.* Et maintenant je dois continuer et te dire à quel point la mort de Manex m'avait affectée. Je prenais mes photos tous les jours sur la plage mais, dès que j'avais un peu de temps, j'allais sur sa tombe au cimetière de Socoa.

Depuis mon enfance, j'avais toujours été du bon côté de la vie. Ça allait de soi, même avec du vague à l'âme. J'étais de cette génération gâtée dont les parents avaient profité des Trente Glorieuses. Je n'avais jamais été du genre à essayer d'imaginer ce que serait ma vie si je vivais ailleurs. Ciboure et la côte basque, *Euskal Kostaldea,* me suffisaient. J'ai toujours été dans le faire, dans l'action plutôt que dans la réflexion. Ce qui n'est ni mieux ni moins bien, mais la mort de Manex avait brisé mon élan et je cherchais sans cesse des réponses. Je voulais comprendre pourquoi cela était arrivé. Et chaque fois, sa mort me ramenait à la cause basque, à l'ETA, aux violences du pouvoir.

Petit à petit des gens que je connaissais à peine sont venus vers moi. Ils savaient que mon ami était mort. Je les avais vus dans le cortège funèbre et lors de la marche silencieuse organisée en l'honneur de Manex. Ben et Miren avaient des amis militants et nous passions de plus en plus de temps avec eux. Ils avaient fait de Manex un martyr. Ils disaient que rien de cela ne serait arrivé si le Pays basque avait été libre et indépendant. Ils parlaient de l'hypocrisie des dirigeants, des mensonges, en France comme en Espagne. Un soir, nous sommes allés voir un concert de Negu Gorriak, un groupe punk-rock militant. Ce n'était pas mon style mais j'avais besoin de me changer les idées. Et mes idées ont changé. Ce soir-là j'ai rencontré Mikel. J'ai passé la nuit avec Mikel. Parce que j'avais froid, il m'avait enveloppée dans son drapeau où un serpent s'enroule sur une hache au-dessus de la devise ETA : *Bietan jarrai**. J'étais rentrée à la maison le lendemain en fin de journée pour l'heure du repas avec une tête de déterrée. Je voyais que ma mère avait besoin de tout son sang-froid pour éviter de me faire la morale. Mais quand

---

* Continuez dans les deux voies.

j'ai ouvert mon sac pour sortir mes cigarettes et que le drapeau de Mikel que j'avais rapporté en est sorti, elle a explosé.

Depuis la mort de Manex, j'avais été insistante avec elle et mon père pour savoir ce qu'ils pensaient de l'ETA. Pourquoi n'en avait-on jamais parlé ? Pourquoi ne croyaient-ils pas à la nécessité d'un Pays basque indépendant ? Que pensaient-ils des attentats ? Je ne rencontrais que silence, haussements d'épaules, bribes condamnant la violence. Quand ma mère a vu le drapeau, elle l'a tiré de mon sac, l'a serré dans ses deux poings comme pour le déchirer et, les larmes aux yeux, elle m'a regardée fixement et m'a dit qu'elle ne voulait jamais revoir ce drapeau dans sa maison. J'ai eu l'impression que quelque chose se brisait en elle mais j'ai osé lui tenir tête. Je me suis levée pour lui reprendre le drapeau, mais elle ne le lâchait pas et chacune tirait de son côté. Mon père à table n'avait pas bougé. Il émanait de lui une terrible tension. J'ai tiré un peu plus fort et ma mère a tout lâché en criant que c'était à cause de ça que mon père était mort. J'ai regardé mon père qui a baissé les yeux. Ma mère a reculé puis a marché vers sa chambre. Elle a fermé la porte sans la claquer. Je suis restée seule avec mon père, qui a levé les yeux en me demandant de m'asseoir. C'est comme ça que j'ai appris qu'il m'avait élevée mais qu'il n'était pas mon père.

Il est allé dans la chambre où ma mère s'était terrée et il est revenu avec une enveloppe marron qu'il m'a tendue. Il y avait dedans une coupure de 1978 avec pour titre : « Un membre supposé du commando Ogro victime d'une explosion à Anglet. » L'article était illustré de la photo en noir et blanc du défunt, un homme à moustache avec les yeux comme deux poings.

Batallón Vasco Español

Luis Carrero Blanco meurt dans un attentat revendiqué par ETA le 20 décembre 1973. Francisco Franco meurt le 20 novembre 1975. En 1977, une loi d'amnistie est votée en Espagne pour éviter d'avoir à revenir sur les crimes commis pendant la guerre civile et sous la dictature. Les membres du commando Ogro sont amnistiés de facto comme d'autres etarras. Tout le monde n'est pas d'accord. Ainsi de ces trois officiers de la marine, deux de l'armée de terre, un de l'armée de l'air et un autre de la Guardia Civil qui refusent de laisser impunie la mort de l'amiral. Ils se connaissent bien. L'armée est une grande famille. On est entre soi. Ils décident donc d'éliminer un des membres du commando de l'ETA pour venger la mort de Blanco.

Ils n'ont l'aval d'aucun organe gouvernemental, vont agir seuls. S'ils montent leur coup convenablement, ils peuvent espérer faire sauter Iban le jour du cinquième anniversaire de la mort de Blanco. Pour faire sérieux, ils se regroupent sous la bannière du

Batallón Vasco Español*. Ils sont tous liés de près ou de loin à des groupuscules d'extrême droite. Ils ont accès à tous les outils disponibles dans l'armée pour repérer leur cible, organiser la logistique, se fournir en explosifs, trouver une cache, préparer leur repli. La victime est rapidement localisée mais ils patientent jusqu'au jour de la commémoration pour aller fixer un beau petit paquet de dynamite sous la voiture d'Iban. Chacun d'entre eux veut être celui qui va appuyer sur le bouton du détonateur. Peut-être tirent-ils à la courte paille ou comptent-ils leurs blessures de guerre pour savoir qui aura cet honneur.

Le 20 décembre 1978 au matin, Iban sort de chez lui acheter une baguette à la boulangerie. Il monte dans sa Renault 5 et quand il tourne la clé pour démarrer, la voiture explose et le pulvérise. Dans la rue un peu plus bas, on se tape dans les mains et on déguerpit. Carrero Blanco est vengé. On se disperse entre Bordeaux, Nantes et Paris.

Quelques semaines plus tard, ils se retrouvent à Madrid pour célébrer leur victoire dans un restaurant de la Puerta del Sol. Ça parle fort et ça rit grassement. Batallón Vasco Español a revendiqué l'attentat, fier de compter parmi ces membres un ancien de l'OAS (Organisation de l'Armée Secrète), des membres actifs du groupe ATE (Anti-terrorismo ETA), de la Triple A argentine (Alianza Apostólica Anticomunista) et de l'organisation néofasciste italienne Avanguardia Nazionale. Tout ce petit monde

* Bataillon basque espagnol.

fait la fête et s'enfile les whiskies les uns après les autres en se félicitant d'avoir bien niqué ces connards de marxistes-léninistes-indépendantistes. On trinque en se promettant de ne pas s'arrêter en si bon chemin. Ce n'est quand même pas une bande d'amateurs au fin fond des montagnes, des fils de paysans et de marins pêcheurs qui vont faire la loi en Espagne, sinon Franco se retournerait dans sa tombe. On fait quelques blagues à propos du massacre d'Atocha un an plus tôt, ils l'ont bien cherché ces trois pédés d'avocats et ces traîtres de syndicalistes. Ils n'ont qu'à arrêter de faire chier le monde s'ils veulent rester en vie. Ce mou de Juan Carlos ferait mieux de mettre ses couilles sur la table s'il veut être roi encore un certain temps ! C'est ce genre de petites fêtes entre joyeux drilles qui, petit à petit, mèneront à la création des GAL*.

Le jour où les assassins se réjouissent à Madrid, la compagne d'Iban dépose des fleurs sur sa tombe.

---

* Groupes antiterroristes de libération, milices paramilitaires dirigées depuis l'État espagnol.

8 mai encore

Quelques semaines après la mort de Manex, cette révélation à propos de mes origines était comme un coup de grâce, Xavier. Tout allait bien pour moi jusqu'alors. Les deux pires choses qui m'étaient arrivées dans la vie, c'était de ne pas avoir été choisie pour jouer le rôle de la reine au spectacle de kermesse à la fin de l'école primaire et d'avoir été éconduite par un amoureux en seconde au lycée. Et là, j'apprenais que l'homme et la femme qui m'avaient élevée, les deux personnes les plus importantes de ma vie, m'avaient menti, menti pendant toutes ces années. Mon vrai père était un « terroriste ». Un des plus importants de l'histoire de l'ETA, un membre du commando Ogro.

8 mai toujours

Le lendemain j'ai quitté la maison. On dit souvent que les Basques sont taiseux et, là, ma mère me l'a bien montré. Ses seuls mots quand je suis partie ont été Je suis désolée. Et Pierre, ce grand Pierre sur qui ma vie reposait, m'a serrée dans ses bras et m'a donné le livre de Julien Agirre. Après ça, je suis allée m'installer chez Miren à Hendaye. Ses parents m'ont prêté le studio dans leur jardin qu'ils louaient parfois à des touristes. Ils ont compris à quel point j'avais besoin d'aide. J'ai lu le livre pour comprendre d'où je venais. J'ai lu le livre où un des membres du commando dit :

> « … je voudrais souligner que ce qui nous a poussés à faire cette action, ce n'est pas notre préparation technique, mais la nécessité de la faire. Une fois que cette nécessité nous est apparue clairement, nous avons cherché les moyens d'agir. Quand on voit qu'une action est juste, qu'elle est pour le bien du peuple et qu'il faut la faire, eh bien… il faut la faire… Ce qu'il faut, c'est

que les objectifs soient clairs, ensuite les difficultés se résolvent dans la pratique ; ça demande plus ou moins de temps, mais l'objectif finit par être atteint. »

Ne pas connaître son géniteur n'est pas une tragédie en soi, ce qui est tragique, c'est ce qu'on peut en faire. La question, le problème, c'est qu'à peine adulte, quand on t'annonce que l'homme qui t'a élevée n'est pas celui qui a fécondé ta mère pour créer l'embryon dont tu es issue, ça te fait quelque chose. Chimique ou physique, l'origine qui te concerne ne change rien à ta vie. La seule chose qui change, c'est que tu réalises soudain que toute la réalité sur laquelle tu t'es construite, qui a compté, n'était qu'un mensonge.

On m'a caché une vérité qui si elle ne l'avait pas été ne serait pas devenue un mensonge. Pourquoi l'avoir fait ? Parce que l'époque voulait ça ? Une question d'honneur ? Quel honneur ? À cause de la religion, des curés, des bonnes sœurs et de cette connerie d'institution du mariage ? Parce que je ne devais pas savoir que mon père était un « terroriste » ? que j'étais orpheline de père ?

On avait fini par apprendre que la descente dans le bar était liée à un jeune recherché par la police depuis un attentat à Vitoria-Gasteiz. La mort de Manex m'obligeait à m'interroger et à me rapprocher de ceux qui voulaient l'indépendance. Je n'avais jamais compris où était le problème. Peut-être que mes ancêtres étaient basques et qu'on avait pêché la baleine et la morue et qu'on était de grands voyageurs, de grands navigateurs, peut-être que la langue basque était unique et que ses racines restaient un mystère, qu'on buvait du cidre, qu'on élevait des brebis, qu'on dansait en sautant, mais moi, j'étais née en France, j'avais suivi l'école en français, je venais d'avoir ma licence et je voulais voyager. Je n'avais jamais parlé basque à la maison avec mes parents. Pourquoi me serais-je mêlée de ces histoires d'indépendance ? Est-ce que la langue basque était en train de mourir ? Peut-être, peut-être pas, mais sinon à quoi servait-elle ? Pour moi, elle était le symbole d'un autre temps, d'une époque révolue, celui du clergé et de la religion régnant en maîtres sur les consciences. Je n'allais pas approuver les vieilles traditions de culs-bénits pour le plaisir de faire partie de la bande. Mais Manex était mort et sa mort était liée à toutes ces histoires, je ne pouvais pas m'enlever ça de la tête.

À l'école, je me souviens, ceux qui ne savaient pas parler basque se faisaient regarder de travers par ceux qui le parlaient couramment. Pour être basque, on disait qu'il fallait avoir un nom basque, parler le basque et avoir un oncle en Amérique. Je n'avais pas d'oncle en Amérique. Je m'en foutais. Côté France, les revendications indépendantistes n'avaient rien à voir avec celles côté Espagne. Je n'étais pas une militante. Je ne voulais pas qu'on me prenne pour une *abertzale*, une patriote.

Cachalot

Au petit matin, un baigneur descend sur la plage à marée haute. Il découvre la bête écrasée sur son flanc gauche. Sa mâchoire pend dans le sable. L'animal tourne le dos à l'océan. Le baigneur n'ose pas s'approcher. Il repart au camping en courant. Il crie sa découverte, essoufflé, les yeux écarquillés, dans le bureau d'accueil.

— Sur la plage ! Là, juste en bas ! Échouée… Y a une baleine échouée sur la plage.

La patronne du camping téléphone aux gendarmes, qui téléphonent au maire, qui téléphone à son adjoint, qui téléphone aux pompiers, qui téléphonent au préfet, puis tout le monde téléphone à tout le monde. Et en début d'après-midi il n'y aura plus une seule place de parking libre près de la plage de Cenitz. Des centaines de personnes seront là à regarder le mammifère s'éteindre.

Le baigneur court à sa tente, avant de retourner à sa découverte, pour récupérer son appareil photo, réveiller femme et enfants. Il veut prendre le premier cliché, une photo de l'animal seul sur le sable au lever du jour, un mélange de peau grisâtre, de ciel orange et de mer verte. C'est trop tard. Quelqu'un d'autre est déjà là. Béret noir sur la tête, un vieil homme touche la baleine au-dessous de l'œil, indifférent au danger de la mâchoire. Le baigneur encore essoufflé s'avance.

— C'est moi qui l'ai trouvée. Je viens d'aller avertir le propriétaire du camping. C'est incroyable, non ? Elle est énorme cette baleine.

Le vieux se retourne en fixant le touriste.

— Ce n'est pas une baleine. C'est un cachalot.

— Un cachalot ? *Waouh !* C'est encore mieux. Est-ce que vous pourriez vous écarter pour que je prenne une photo ?

Le vieux fixe l'œil du monstre encore un instant avant de lentement quitter la plage. Le nageur prend sa photo. Sa femme et ses enfants le rejoignent. Il y a d'autres photos. La mer descend. D'autres personnes arrivent depuis le camping pour voir la bête de trente tonnes à l'agonie.

Un marin rentre au port après une nuit de pêche au moment où la nouvelle gagne les radios le long de la côte. Dans le journal du lendemain, en page trois, une grande photo documentera l'événement avec cette légende : « Un cachalot de douze mètres s'échoue sur la plage de Cenitz. » On vide le bateau, la pêche part à la criée. Le marin rentre chez lui. Sa femme l'attend. Sa fille se lève. Il a prévu d'aller se coucher mais en voyant sa fille, celle qu'il aime comme sa fille, la phrase lui échappe :

— Est-ce que tu voudrais voir quelque chose d'extraordinaire ?

C'est comme ça que la petite se retrouve à descendre le bout de chemin qui mène à la plage, sorte de baie entre deux escarpements de silice friable. Elle tient fermement son père par la main. Elle a 7 ans et toutes ces voitures, toute cette agitation aux abords du parking la mettent mal à l'aise. Son père n'a rien dit sinon qu'ils vont voir quelque chose d'extraordinaire.

Ce qu'elle voit en premier en arrivant sur le sable, c'est un attroupement, un bloc compact d'adultes qui se tiennent en demi-cercle autour de quelque chose. Sa hauteur d'enfant l'empêche de voir plus loin. Son père leur fraie un passage en douceur. De ses larges mains, il prend sa fille sous les aisselles, la fait passer au-dessus de sa tête et la pose sur ses épaules. Elle s'élève au-dessus du monde et découvre cette chose, là, sur le sable. Elle serre fort les mains de son père.

— C'est quoi, papa ?

— Un cachalot.

— Il est mort ?

Elle a 7 ans et ses grands yeux verts fixent l'animal agonisant. Une irrésistible envie de pleurer lui brûle les poumons. C'est comme si on lui serrait la gorge. Elle regarde une dernière fois le cachalot dont l'œil se ferme. Il ne respire plus. Son visage se met à piquer puis elle pleure. Son père la fait descendre et la prend dans ses bras. Elle pleure sur son épaule. Ils repartent en silence, quittent la plage. Elle essuie ses larmes et sa morve sur la chemise de son père.

Dans la voiture, son père essaie de lui parler du cycle de la vie. Il dit qu'on ne sait pas pourquoi les cachalots et les baleines viennent parfois s'échouer sur les plages. Il dit qu'il ne faut pas pleurer.

8 mai, encore et toujours

À la fin de l'été, j'ai racheté l'appareil photo du studio pour lequel je travaillais et j'ai trouvé un boulot de serveuse dans un bar de la ville pour l'hiver. J'avais l'intention de me faire assez d'argent pour partir au Québec l'été suivant. Mon projet de photographier des baleines dans le Saint-Laurent s'organisait. Les parents de Miren me laissaient l'appartement jusqu'au mois de mai. Je voyais régulièrement Mikel. On buvait trop, on fumait trop. On était bien. J'assistais de plus en plus souvent à des manifestations et à des marches pour le rapprochement des prisonniers basques, contre la politique de Madrid, pour la liberté d'expression. Le frère de Mikel était enfermé à Madrid et il me racontait le calvaire de ses parents qui faisaient la route tous les mois depuis Irun. Mikel savait que je n'étais pas une *abertzale,* contrairement à lui, mais nous étions bien ensemble. Il m'apprenait beaucoup de choses, juste en racontant. Il n'essayait pas de me convaincre. Il m'expliquait l'Histoire. Il me parlait des Escadrons de la mort des GAL. Il me rappelait que Franco avait interdit la langue basque, que la France de la

Révolution avait fait la même chose jusqu'en 1794. Il ramenait le problème basque mille ans en arrière. La question de l'indépendance était pour lui surtout une question de justice. Ceux qui ne voulaient pas d'un peuple et d'un Pays basque étaient ceux qui ne supportaient pas l'idée de la liberté telle que les Basques la pratiquaient depuis le Moyen Âge avec le régime foral. On ne connaissait pas la servitude, tout individu était libre. On se partageait les terres. On se réunissait pour voter les décisions importantes liées au village et aux maisons *(etche)*. Les Basques résistaient depuis des siècles aux tentatives de domination extérieure et de centralisation. C'était un peuple trop libre, de bergers montagnards et de marins au long cours, qui avait toujours gêné le pouvoir en refusant de se laisser contrôler et exploiter. Les incohérences de l'Histoire, Mikel les connaissait. Il y avait les vaincus et les vainqueurs. Le statut de nation était glorifié par la France et l'Espagne quand il s'agissait de parler de leur grandeur, mais méprisé quand d'autres le revendiquaient.

Je n'ai jamais oublié cette phrase qu'il m'avait dite : une langue, c'est un patois qui a gagné la guerre. Il était intarissable à propos des injustices endurées par ce qu'il nommait son peuple. Les tortures sous Franco qui s'étaient poursuivies après la démocratie et la Constitution l'enrageaient jusqu'au silence. Il n'en parlait qu'avec peine. Je sais que tu peux comprendre combien l'humiliation répétée mène à la révolte. Xavier, il y a bien des liens à faire avec le Québec : Papineau, ce qu'a été la Crise d'octobre et la Révolution tranquille. Ce que je veux que tu comprennes, c'est que, lentement, je me suis rapprochée de la cause, de ceux qui la portaient. Reste qu'il était clair pour moi que je ne participerais jamais à aucun acte de violence, sans que je sache trop pourquoi. Ma mère et mon père avaient certainement réussi à m'inculquer cela. S'il en avait été besoin, la mort de Manex aurait suffi à m'en éloigner. Je sais que pour nombre d'autres c'est l'inverse et que la violence engendre la violence. Mikel avait sans cesse ce slogan à la bouche : qui sème la misère récolte la colère.

Guerre d'Espagne

Le 6 octobre 1936, pour parer au soulèvement des militaires nationalistes, la République espagnole reconnaît l'autonomie d'Euskadi. Les Basques seront ensuite une cible privilégiée pour Franco, qui refuse leur indépendance et veut s'emparer de leur importante industrie métallurgique. Autour de Vergara, les nationalistes vont déployer cinquante mille hommes, deux divisions de blindés italiennes, quarante-cinq batteries d'artillerie, cent tanks et cent vingt avions espagnols et allemands. En face d'eux, les troupes basques se composent de quarante-cinq mille hommes peu armés, ils ne disposent d'aucune mitraillette, sont soutenus par seulement douze tanks et vingt-cinq avions. La suite est connue : le 31 mars 1937, la légion Condor bombarde et détruit la ville de Durango et, le 26 avril, la ville de Guernica. Après la reddition des *gudaris*, les combattants basques, onze mille Basques sont condamnés à mort, mille sont fusillés sur-le-champ, la langue basque, l'Euskara, est interdite et toutes les libertés politiques et syndicales abolies. Quand on sait qu'après la mort de Franco, les partisans d'un mouvement basque de libération national seront encore plus persécutés que pendant la dictature, on s'explique un peu mieux les violences de part et d'autre.

Quatre cent mille, c'est le nombre estimé de morts durant la guerre d'Espagne de 1936 à 1939 entre les forces républicaines et les forces nationalistes.

Paupières

L'été de ses 17 ans, son père lui a trouvé une place dans une poissonnerie du marché de Saint-Jean-de-Luz. Elle se lève avant le soleil, commence sa journée en étalant de la glace pilée sur les étals. Elle transporte les casiers en plastique de la criée. Elle dispose les tranches de thon blanc et de thon rouge bien en évidence. Elle empile les bars de ligne sur la gauche, la bonite sur la droite. Le patron lui donne les prix du jour qu'elle écrit à la craie sur des affichettes qu'elle pique dans les chairs. C'est étrange, l'odeur des queues de lotte lui rappelle l'odeur dans l'air quand, enfant, elle avait vu un cachalot échoué sur la plage. Ce qui la trouble davantage tandis qu'elle aligne les rougets, les vives et les mulets, ce sont les yeux livides et cireux des poissons qui la fixent. Elle n'arrive pas à voir leur absence de paupières comme quelque chose de normal. Elle la relie à cette forme de torture que les Nazis ont inventée durant la Seconde Guerre mondiale. Elle a vu ça dans un documentaire. Une des expérimentations dans un camp de torture consistait à couper les paupières de prisonniers pour savoir combien de temps ils pouvaient survivre sans dormir. Entre les équipes médicales des tortionnaires qui faisaient nager des hommes dans des piscines pleines de blocs de glace pour tester la résistance d'un être humain au point de congélation, les Herr Doktor qui cassaient à répétition les jambes d'hommes et de femmes pour savoir combien de fois en moyenne une fracture peut se ressouder, elle avait appris qu'on pouvait empêcher quelqu'un de fermer l'œil. Et elle revoyait celui du cachalot la fixant d'un regard vide, fermant le sien comme un adieu. Sur l'étal, tous ces poissons ne cessent jamais de la regarder. Elle croirait presque à une punition divine. Existe-t-il un mythe qui explique la faute commise par le premier des poissons pour que toute sa lignée soit privée de la faculté d'occulter le monde en fermant les yeux ?

Elle avait enduré ce calvaire tout un été mais, l'année suivante, les yeux des poissons l'avaient poussée jusqu'au photographe du centre-ville. Il cherchait quelqu'un pour tirer le portrait de familles, de couples et d'enfants sur la plage. Un service gratuit. Il suffisait de prendre la pause et de passer le soir même ou les jours suivants au studio photo pour voir le résultat et décider d'acheter ou non ce souvenir de vacances sur papier glacé. Nombreux étaient ceux qui acceptaient de se laisser prendre en photo. D'abord parce qu'ils étaient polis et aussi parce qu'Oyana était jolie et sympathique. Cela ne coûtait rien d'essayer. Mais rares étaient ceux qui passaient au studio avec leur coupon numéroté correspondant à la référence de la photo. Encore plus rares étaient ceux qui finissaient par payer pour un ou plusieurs tirages. C'était pourtant avec ces commandes qu'Oyana touchait ses plus importantes commissions, ça et les agrandissements encadrés. Le plus gratifiant mais le plus rare, les agrandissements encadrés. Toute la journée, elle essayait de prendre un maximum de photos avec le Pentax fourni par le patron. Elle pourrait le racheter au rabais à la fin de l'été si elle le souhaitait. Cheveux noir corbeau, yeux verts, il était difficile de dire non quand Oyana s'agenouillait dans le sable devant vous en disant :

— Je peux vous prendre en photo ? Il n'y en a que pour deux minutes. C'est gratuit. Cela ne vous oblige en rien. Vous passez au studio à partir de ce soir. Nous sommes ouverts de 9 h 30 à 19 h 30 tout l'été.

Elle était gentille avec les enfants, tendre avec les couples, avenante avec les personnes âgées. Elle arpentait la plage en fin de matinée, quand le soleil n'est pas encore trop haut et qu'il n'écrase pas tous les contrastes. Elle reprenait un peu tard dans l'après-midi, entre 16 et 20 heures. Autour de midi, ce qu'elle aimait faire après un saut dans les vagues, c'était se mettre à l'écart et changer sa lentille de 50 millimètres pour un zoom optique à grossissement de six cents fois. Assise à l'extrémité sud de la plage, là où les roseaux s'attaquent au sable, elle se mettait à épier la foule, à l'espionner, à faire doucement glisser l'objectif sur les chapeaux de paille, les ventres poilus, les barbes grises, les cheveux blonds, les fesses rebondies, les cuisses rouges, les seins bronzés, les orteils en éventail, les sourires des joueurs de ballon, les yeux brillants des bâtisseurs de châteaux, les mines ravies des buveurs de bière et les peaux lisses des filles de son âge. C'est ce qu'elle préférait, les seins naissants, les fesses brillantes de grains de sable, les pubis à peine dessinés sous les maillots blancs, jaunes et roses. Oyana découvrait, sans vouloir se l'avouer, s'émouvoir autant à la vue des corps féminins qu'à celle des corps de garçons. Souvent, elle ne pouvait s'empêcher, pendant sa pause du midi, de mettre pour elle-même un rouleau de pellicule dans l'appareil photo. Elle se fixait sur le plus beau corps débusqué depuis sa cachette. Elle collectionnait les variations de son désir en bobines dans une boîte à chaussures et rêvait du jour où elle disposerait de son propre laboratoire. Elle pourrait développer son travail en chambre noire et faire les agrandissements elle-même.

Pour l'instant, elle aide le patron avec les planches-contacts. Elle apprend à développer les pellicules dans le noir, le nom des produits, la dose de révélateur. Un mois durant, elle s'entraîne chaque soir dans sa chambre les yeux fermés à installer une vieille pellicule dans la boîte à développer. Elle tire la languette de la bobine juste assez pour la serrer dans l'engrenage du boîtier rond dans lequel il faut transférer le film pour le mettre dans le bain de révélateur. Ce n'est pas très difficile quand on a compris le truc, mais Oyana veut arriver à le faire le plus rapidement possible. Elle est comme un soldat à qui on apprend à remonter son arme dans le noir.

Coupure de presse

Diario 16, éditorial du 23 mars 1981*

« Les activistes de l'ETA ne sont pas des hommes, ce sont des bêtes. Jusqu'où vont les droits de l'homme des bêtes ? Les bêtes, on les enferme derrière les plus gros barreaux qui puissent exister au village. D'abord, on les chasse en utilisant toutes sortes de ruses. Et s'il en meurt une pendant cette poursuite, tant pis ou tant mieux… Il n'y a aucun droit de l'homme qui vaille quand il s'agit de chasser le tigre. Cinquante etarras pourront tomber dans le combat et les mains de l'Espagne ne seront pas souillées par le sang humain. Les policiers qui tirent sur eux seront reçus comme de vaillants combattants. »

---

* Cité dans *Euskadi Guduan / Euskadi en guerre,* Ekin, Bayonne, 1987, p. 216.

Mercredi 9 mai

J'ai fait semblant de dormir quand tu es parti ce matin. Écouté tes gestes dans la cuisine, dans la salle de bains, puis la clé dans la porte. Je ne pouvais pas affronter ton regard. J'ai peu dormi. Je craque. J'ai mis un temps fou à sortir du lit et pris un bain chaud pour me dénouer l'estomac. Hier soir tu me questionnais du regard. Tu sentais que quelque chose n'allait pas. Si tu avais su… Pour meubler la conversation, tu as parlé de notre week-end à Québec. Nous allions voir tes parents. C'est la fête des mères dimanche et, cette année encore, on brunche dans un resto pour faire plaisir à ta génitrice. Encore et toujours, tu es le fils parfait. Comment je vais faire ? J'avais complètement oublié ça. Sortie du bain, j'ai erré dans la maison, regardé tous ces objets choisis ensemble qui font notre vie. Il me fallait effacer le silence, la lourdeur du silence dans ma vie de Montréal, dans ma vie qui s'écroule. J'ai mis ce CD de Michael Jones que tu aimais tant écouter quand nous traînions au lit à nos débuts, quand nous faisions encore l'amour deux fois par jour, quand je découvrais ma nouvelle ville, mon nouveau pays. Vingt-trois années qui remontent à la surface d'un seul coup. J'ai pris un album de photos au hasard dans le bureau, notre été 1996. Nous étions descendus dans le Massachusetts. Avions passé deux nuits à Boston avant de continuer jusqu'à Provincetown. Tu ne peux pas savoir à quel point j'étais heureuse de revoir la mer, l'Atlantique. Je me sentais un peu comme à la maison, qui était quelque part en face de moi, à 6000 kilomètres. Nous mangions du homard tous les jours en nous racontant nos vies. Ce que tu ne savais pas, c'est que j'inventais la mienne, celle de l'orpheline heureuse chez tonton Joxe et tatie Cristina. Nous habitions avenue Homero à deux pas du lycée français où j'avais fait mes études jusqu'en terminale. Je n'arrêtais pas de te dire que je ne voulais pas parler du passé mais du futur. Et je regarde cette photo de toi dans les dunes de la baie de Cape Cod, cette photo de moi au pied du Pilgrim Monument. Nous étions montés tout en haut. La vue était belle. Nos corps se touchaient sans cesse.

Je viens de me relire depuis le début. L'envie me prend de tout brûler. C'est dur. Ça fait quatre jours que je t'évite en disant que je suis submergée de boulot. Si tu savais. Est-ce que je peux aller jusqu'au bout ? Je repense à ta famille, à ton père et ta mère qui m'ont toujours accueillie et traitée comme leur propre fille. Qui ont toujours regretté que nous ne soyons pas mariés mais accepté cet état de fait. Je me dis souvent qu'ils ont plus souffert que nous de ma fausse couche en 2001. Oui, il y a cette chose dont je voudrais parler. Sur laquelle je n'ai jamais pu te dire toute la vérité. Ça vient. Je vais te la dire maintenant, de toute façon, après, il sera trop tard. Mais avant je dois d'abord écrire ce que je n'ai pas encore tapé en noir sur blanc, ce à partir de quoi je pourrai peut-être continuer. Il fait si beau aujourd'hui. Vingt-six degrés. La neige a fondu. Le mois de mai est le plus beau mois de l'année à Montréal. Je voudrais aller boire des cafés en terrasse avec Marie, Sandy ou Justine. Je voudrais aller sentir l'odeur des ruelles qui dégèlent, planter des fleurs, faire un grand ménage de printemps, t'inviter à souper dans le dernier resto branché du centre-ville, qu'on refasse enfin l'amour comme à nos vingt ans.

Au lieu de ça, je suis devant mon écran dans mon bureau, le rideau tiré, à essayer de te dire ça, Xavier : j'ai un jour aidé un commando de l'ETA et ça a très mal tourné.

Je suis responsable de la mort d'une mère et de son enfant.

Je vis avec ce remords depuis vingt-trois ans. Tu as souvent réussi à m'en éloigner. Tu m'as en quelque sorte sauvé la vie en me donnant tout de toi. Depuis notre rencontre, j'ai sans cesse pensé qu'un jour viendrait où je pourrais m'en sortir sans te briser le cœur. J'ai échoué.

J'avais fini par accepter de donner un coup de main. Je devais simplement conduire la camionnette. Mikel avait insisté plusieurs fois. Il fallait une fille au volant. Il serait avec moi. Ce n'était pas un attentat, simplement une manœuvre tactique pour maintenir la pression. Je sentais le danger mais je voulais le faire pour Mikel. Je pense aussi que ça me donnait l'impression de défier ma mère et mon histoire. C'était le printemps. J'étais prête à acheter mon billet d'avion pour partir au Canada.

Tout est allé très vite. Il y a eu la camionnette, la cargaison, la voiture que je devais suivre jusqu'en ville avec Mikel, repasser la frontière avec son pote Xabi, se cacher à Anglet, laisser retomber la poussière, attendre tous les trois qu'on nous dise qu'on pouvait reprendre nos vies. Et le lendemain soir devant la télé la nouvelle est tombée : une mère et sa fille de 7 ans avaient été tuées dans un attentat qui avait également blessé deux policiers. La caméra filmait les draps sur les corps de la mère et de l'enfant. On voyait le visage ensanglanté d'un policier pendant que le journaliste prononçait les mots massacre, violence, terrorisme, aveugle, indignation. Un homme en veston et cravate promettait des représailles : bientôt ce serait la fin de l'ETA, etc., etc. Je voyais à l'écran les débris de la camionnette que j'avais conduite. On m'avait dit pas de dégâts, pas de victimes, et je réalisais que j'étais désormais complice, coupable au même titre que tous les autres. Une mère et son enfant, comment te dire Xavier… Je me suis ruée sur la télévision, ai tapé dessus à coups de poing jusqu'au sang, jusqu'à ce qu'elle tombe par terre. Mikel s'est soudainement approché de moi et m'a saisie. S'il n'y avait pas eu Xabi pour l'aider, je l'aurais peut-être tué. Je hurlais, pleurais, ne voyais plus rien derrière mes larmes, ne comprenais plus rien ou que trop bien, j'avais été piégée et étais tombée tête première dans le panneau.

Justine a téléphoné. Elle et Philippe nous invitent vendredi soir pour un repas en ville. Elle m'a parlé avec son air toujours aussi enjoué, si au-dessus de tout. Je lui ai répondu de la même manière, comme deux petites bourgeoises femmes de médecin savent si bien se parler, comme si de rien n'était. J'ai poliment expliqué que nous allions chez tes parents samedi et que nous devions partir tôt. Elle a insisté en me culpabilisant selon son habitude, ajoutant que Philippe serait vraiment déçu. J'ai raccroché. Des larmes sont montées, je ne savais pas si c'était de la tristesse ou de la colère. Un peu plus tard, j'ai reçu ton texto : « Tu es sûre qu'on ne peut pas y aller vendredi soir ? »

Oui, j'en étais certaine, Xavier.

Ce jour de mai 1995, j'ai bien cru devenir folle. Mikel et Xabi s'étaient mis ensemble pour me raisonner en même temps qu'ils répétaient que ça n'aurait pas dû se passer comme ça, ce n'est pas ce qui était prévu. On n'y était pour rien. Il ne devait pas y avoir de détonateur. Qu'est-ce qui avait merdé ? Dans toutes les guerres, il y avait des innocents qui mouraient. Mikel disait qu'il ne fallait pas oublier les morts de l'autre côté, depuis 1936, depuis la dictature, depuis les tortures en prison. Combien de mères et d'enfants avaient péri sous Franco ? Je ne pouvais pas au moins prendre cette donnée en compte ? Et le gouvernement actuel ? La violence d'État ? Combien ? Et la torture ?

Je m'en foutais. J'étais responsable. Je faisais partie du commando. J'avais accepté d'en être. Comment en mesurer les conséquences ? C'était trop tard. Impossible de revenir en arrière. Il n'y avait plus rien. Je venais de détruire ma vie. J'avais voulu jouer à la justicière et je récoltais une honte profonde, un dégoût du monde que j'avais cru insurmontable à la mort de Manex mais qui n'était rien comparé à ce qui me tombait dessus dans ce bungalow d'Anglet. Chaque vague qui claquait sur la plage résonnait comme une explosion dans ma tête. Je ne sais pas si c'était de la tendresse ou la peur que je fasse une bêtise mais Mikel me tenait toujours. À un moment j'ai vomi de la bile, et Xabi a nettoyé. Sans me lâcher, Mikel m'a essuyé la bouche et a allumé une cigarette. Les yeux dans le vide à crapoter et à me balancer, je tremblais de tout mon corps. Puis je n'ai plus bougé. N'ai plus rien dit. La télé restée par terre, Xabi a fait la vaisselle et bu des bières en lisant le journal. Un silence de mort régnait dans la maison. Mikel et moi, on est restés longtemps comme ça, puis Xabi nous a apporté une couverture en disant qu'il allait se coucher. Je ne sais plus si nous avons dormi, je me rappelle juste qu'au petit matin deux hommes sont venus nous chercher en voiture. Je me suis laissé faire comme un pantin. Je n'avais aucune énergie, comme si j'avais passé la limite possible de la peine et de la colère. J'étais ailleurs, de l'autre côté de quelque chose. J'ai repris contact avec la réalité quand nous avons approché de Bayonne et qu'un des deux hommes, pas le conducteur, l'autre, nous a donné des cagoules opaques en ordonnant de les mettre sur la tête et de nous allonger sur la banquette. On a roulé un bon moment, ça montait et ça tournait. Quand on s'est arrêtés et qu'on a pu enlever les cagoules, nous étions dans une ferme au creux d'une vallée.

Nous pouvions être n'importe où au Pays basque : montagne, verdure, forêt au loin, odeur de la campagne, moutons dans un pré. Il y avait deux hommes et une femme dans la maison. Ils nous ont salués et offert à boire. La femme a dit que nous serions mieux ici le temps qu'il faudrait. Que nous pourrions discuter mais, d'abord, nous devions aller nous reposer. J'ai passé quelques jours dans cette ferme. Je suis restée beaucoup au lit tandis que Mikel et Xabi s'éclipsaient.

J'avais compris que j'étais dans une planque de l'ETA mais je crois aussi qu'on s'y entraînait. Un jour j'ai entendu des coups de feu dans la montagne et le soir même il y avait comme une odeur de soufre sur la peau de Mikel. La femme qui disait s'appeler Maia venait souvent me demander si tout allait bien. Un autre soir après le dîner, un des hommes, Julen, il devait avoir une trentaine d'années, s'est mis à raconter comment son père avait été arrêté lors d'une manifestation à Bilbao. C'était une manifestation pacifique et les forces de l'ordre avaient donné l'assaut en frappant au hasard. Son père s'était retrouvé enfermé et interrogé sur ses supposés liens avec les terroristes. Il n'était qu'un petit mécanicien descendant de paysans. Il voulait un pays mais pas la violence. Cela n'avait pas empêché la police de taper à tout-va. Son père avait eu la chance de sortir vivant après trois jours de tourments. Une semaine plus tard, un infarctus lui avait laissé la moitié du corps paralysée. Il avait fini sa vie en chaise roulante sous les yeux de son fils, la vengeance au cœur. Le père de Julen n'était qu'un exemple parmi des milliers. Julen égrenait les chiffres car, disait-il, on parle souvent des centaines de morts causées par nos attentats, mais on ne parle pas de toutes les vies brisées à cause des arrestations et des tortures arbitraires. N'importe qui pouvait être embarqué en pleine nuit par la police, enfermé pendant des jours et relâché sans autre explication, du seul fait de vivre au Pays basque. On reprochait la violence à ETA alors qu'il n'y avait pas plus d'État de droit sous le gouvernement González que sous celui de Franco. Des milliers de personnes étaient séquestrées arbitrairement. Julen rappelait le sort d'un autre Mikel que le mien, arrêté avec sa compagne et des amis lors d'un simple contrôle de routine. On les avait embarqués, torturés puis remis en liberté sans aucune charge d'accusation. Mikel, lui, n'était pas ressorti avec eux. D'après la Guardia Civil, il s'était échappé. On avait retrouvé son corps dans la Bidassoa vingt jours plus tard. Il était menotté les mains dans le dos. Julen affirmait que Mikel avait subi le supplice de la baignoire et que la police était allée trop loin. Julen connaissait d'autres noms, d'autres morts. Plus je l'écoutais, plus j'avais le sentiment qu'il s'adressait directement à moi, qu'il essayait de me convaincre, que son discours avait pour but de me rallier à la cause. Je ne voulais plus entendre ces histoires, et je me sentais mal, détestable. Je suis allée dormir.

Le lendemain, Maia est venue m'annoncer qu'on ne me laissait pas le choix : soit je décidais de rester et de me battre pour la cause, soit je devais quitter le pays. Je ne voulais pas me battre, c'était hors de question. J'avais déjà du sang sur les mains. Elle essayait de me convaincre que ce n'était pas ma faute, que c'était d'abord et avant tout celle de ceux qui refusaient l'indépendance. J'ai juste dit que j'avais déjà prévu de partir, que j'avais un billet pour le Canada. Maia a été abrupte : « On ne te propose pas un voyage mais l'exil. »

Si je partais, je ne revenais pas. Jamais.

J'ai compris qu'un éventuel retour mettait ma vie en danger. J'en savais trop. On me fournirait tout ce dont j'aurais besoin pour m'installer à Mexico, en commençant par un nouveau nom et un nouveau passeport.

C'est ainsi que d'Oyana Etchebaster je suis devenue Nahia Sanchez.

9 mai dans l'après-midi

J'ai mal au cou, j'ai l'impression d'avoir une tonne de briques sur la nuque, les épaules me brûlent. Ce midi j'ai failli sortir aller m'acheter des cigarettes au dépanneur. Depuis quinze ans que je ne fume plus, je n'ai jamais eu autant envie de reprendre. Ça me rappelle ta collègue qui était partie en vacances en Grèce et qui avait vécu un tremblement de terre. La première chose qu'elle avait faite après la panique, c'était d'avoir demandé une cigarette à un passant. Et elle s'était remise à fumer après dix ans d'abstinence. À chacune son séisme.

J'ai mal mais j'ai envie de revenir à nos débuts.

Je travaillais dans ce bar depuis deux mois, dans un hôtel chic et tranquille du quartier Polanco. Tu étais venu du Québec pour un congrès international de médecine. Tu étais alors étudiant. Tu m'avais bien sûr commandé une margarita. Tous les touristes commandent une margarita au Mexique. Tu avais tenté quelques mots en espagnol mais j'avais vite compris que tu parlais français. Surmonté d'un drapeau canadien, il y avait encore ton nom accroché à la poche de ton veston : Xavier Langlois. Tu avais été très étonné de mon français parfait. Je t'avais expliqué être née en France puis avoir fait mes études au lycée français. Tu étais resté collé au bar à me raconter ta vie. Tu avais 27 ans, j'en avais 23. Comme dans les mauvais films, tu avais attendu la fin de mon service et nous étions montés dans ta chambre. Étrangement, je me suis toujours rappelé que c'était la 223. C'était la seconde fois que ça m'arrivait depuis mon arrivée à Mexico. Je m'étais pourtant juré de ne pas remettre ça ici, dans cet hôtel qui était mon lieu de travail et ma nouvelle vie. Trois jours et trois nuits durant nous avons volé autant d'heures que nous pouvions à ton congrès et à mon boulot. Tu ne pouvais même pas t'imaginer à quel point j'avais besoin qu'on me prenne contre soi et qu'on me réconforte, qu'on me laisse croire à autre chose.

On essayait de se téléphoner tous les jours. La distance était vite devenue insupportable. Je ne sais pas bien ce que je t'avais fait comme effet, mais toi, tu étais apparu comme un signe de rédemption : ton métier était de sauver des vies et tu habitais au Québec. Tu me permettais à la fois d'oublier et de réaliser mon envie de voyage au Canada. Je nous voyais déjà descendre le Saint-Laurent à la recherche des baleines sur les traces de mes ancêtres. On m'avait exilée sous prétexte de me protéger. C'était ça ou quelque chose comme la mort. L'organisation n'aurait jamais permis que je reste sur le territoire à la merci de la police espagnole ou française. Ici, j'étais loin, j'avais changé de nom, j'avais disparu. Un mois plus tard je décidais de te rejoindre à Montréal.

Les gens qui m'avaient entraînée dans cette histoire étaient habitués, rodés. Ils savaient quoi faire. Ils connaissaient la musique. Je n'étais ni la première ni la dernière à devoir quitter le pays suite à une erreur ou à une attaque qui avait mal tourné. Je n'avais pas eu le temps de penser. On avait pensé pour moi. En arrivant, j'étais encore sous le choc, l'esprit dans le brouillard du tournant que prenait ma vie. L'organisation m'avait donné les grandes lignes et me laissait me débrouiller avec les détails. J'avais grandi au Mexique chez un oncle et une tante basques après la mort de mes parents. Il fallait savoir mélanger la réalité et le mensonge pour que tout paraisse plausible. Ils avaient fait ça pour moi mais maintenant que j'étais à des milliers de kilomètres de Bilbao et de Bayonne, ils s'en foutaient. Ils n'avaient exigé qu'une seule chose : que je ne remette jamais les pieds en France ou en Espagne. Pour plus de sécurité, ils me conseillaient simplement de ne jamais revenir en Europe, de ne jamais quitter l'Amérique. Le Mexique était mon nouveau pays, un point c'est tout. J'avais un appartement, un peu d'argent pour démarrer et un boulot dans un hôtel. On ne me demandait rien d'autre que d'oublier tout ce qui s'était passé. J'avais entendu des histoires de balle dans la nuque pour moins que ça…

Bref, je t'ai rejoint à Montréal. Parce que nous avions baisé pendant trois jours, parce que nous avions l'impression d'être faits l'un pour l'autre. Tu m'avais invitée au Québec pour quelque temps, pour voir comment ça se passerait. Ça s'était bien passé, sauf dans l'avion. Tu étais venu me chercher à l'aéroport et la première chose que j'avais dite en arrivant, c'est que c'était mon dernier vol. Je t'avais raconté la crise de panique, mes vomissements, l'inquiétude du personnel de bord. Pour toi, ce n'était pas un problème. Ça ne l'est devenu qu'avec les années quand tu voulais que je t'accompagne pour un congrès à Los Angeles ou qu'on parte en vacances dans les Caraïbes. Je te répétais ma peur, ma panique. Vrai et faux. J'aurais physiquement pu reprendre l'avion mais je ne voulais pas revivre la peur d'être découverte à la douane avec mon faux passeport. Ça, tu l'ignorais. Nos voyages aux États-Unis en voiture me faisaient moins peur. Et tu avais accepté qu'on découvre le Canada *coast to coast,* de Vancouver à Gaspé.

Merde ! voilà que tu rentres plus tôt que d'habitude ! Je vais tout faire pour que la soirée soit bonne. Respirer, me calmer. Demain, je vais jusqu'au bout.

20 kilos

Sur l'écran devant elle, le plan de vol indique qu'on est au milieu de l'Atlantique. Côté hublot, elle regarde les nuages qui moutonnent au-dessus de l'océan. Sous la surface, une chaîne de montagnes de 40 000 kilomètres de long descend du nord vers le sud, la dorsale médio-atlantique. Elle pense à ses ancêtres basques qui ont fait ce voyage tant de fois depuis des siècles. Elle imagine un homme de sa lignée parti d'Hendaye ou de Guéthary en 1489, quand les rois catholiques reprenaient Almeria. Les Espagnols et les Maures se battaient au sud tandis qu'au nord les Bretons perdaient Guingamp face aux Français. Elle imagine un de ses ancêtres, il peut s'appeler Gabirel ou Igueldo. Il est en train de réparer un filet de pêche sur la plage. Il discute avec les autres dans une langue dont on ignore les origines. Ils portent des bérets noirs. Ils sont trapus et solides. Ils ont le visage ridé des marins, les mains larges des rameurs, l'œil plissé des pêcheurs. Ils partent en mer pour vivre. Ils jettent leurs filets pour se nourrir et commercer. C'est comme ça depuis des siècles. Depuis des siècles, on pêche le merlu, le thon, la sardine, l'anchois, le poulpe. Parfois on profite d'une baleine venue s'échouer toute seule sur le sable. C'est alors la fête. On en tire tout ce qu'on peut. On en profite. Et à force de profiter des baleines qui viennent s'échouer, l'idée commence à germer. On pourrait peut-être les amener nous-mêmes sur la plage pour les faire mourir ? On pourrait en profiter plus souvent, s'en nourrir davantage, avoir de plus grandes réserves d'huile, utiliser davantage la barbe de leur gueule. En basque, fanon se dit *kokospearekin.* C'est ainsi que, tandis qu'au nord les Vikings découvrent le Vinland, les Basques décident d'essayer d'attraper des baleines.

Au début, ils ne s'en prennent qu'aux baleineaux, approchent à la rame près des troupeaux nageant derrière la barre. Les baleines sont nombreuses à venir se nourrir près des côtes selon les courants. Les Basques utilisent leurs chaloupes quotidiennes pour aller attaquer ces monstres qu'ils observent depuis toujours. Qui sont les premiers à avoir eu assez de folie ou de courage pour tenter d'attraper cette bête gigantesque ? Qui sont les premiers, debout à la tête d'une embarcation propulsée par quelques rameurs, à lancer un harpon dans les flancs d'un bébé baleine pour le tirer sur la plage ? Quand se sont-ils rendu compte qu'en remorquant le baleineau, la mère suivait, la mère nageait derrière son bébé jusqu'à la plage et s'échouait d'elle-même ? À quel moment les baleineaux sont-ils devenus de simples appâts ? On l'ignore. Mais à force de profiter de la chair de la baleine, de sa langue, de son spermaceti, de son huile, de tout ce que donne un seul spécimen, les appétits grandissent. Une nouvelle culture est en train de naître qui s'organise autour du plus grand mammifère marin. C'est la naissance d'une industrie. On commerce avec ses voisins, on se bagarre pour les zones de pêche. Les villages s'organisent. Depuis la côte, du haut des *atalayes,* les tours de guet, quand le guetteur voit souffler au large, on se précipite dans les bateaux, on rame avec force jusqu'aux baleines, qui plongent. On tient le cap, on s'efforce de maintenir la vitesse en attendant qu'une resurgisse, et là, *schlack !* on lance un harpon en visant le cœur. Piquée, la baleine replonge et commence à saigner abondamment. Elle se vide, se fatigue, lacérée par la pointe de métal. Il lui faut à nouveau respirer. Quand elle remonte, elle reçoit un second harpon dans un flanc. Elle n'a plus la force de replonger, s'épuise, roule sur elle-même, se noie et reste à la surface, morte dans l'eau rouge de son sang. On l'attache par la queue. On la remorque sur la plage.

C'est ainsi longtemps. Puis les baleines commencent à se faire plus rares. À force d'être tuées près des côtes, elles apprennent à se méfier, à rester au large. Les pêcheurs de Biarritz, de Fontarrabie, de Getaria, de Mutriku décident de les suivre. Ils gréent de plus imposants navires et accrochent des canots aux plats-bords pour chasser le Léviathan toujours plus loin. Quand ils aperçoivent un troupeau, ils lancent les embarcations. Quand la chasse est bonne, ils remorquent l'animal sur une berge proche pour le dépeçage. Ils construisent des fours pour la saison de pêche dans les Asturies et plus tard dans le Finistère. Ils partent pour trois ou quatre mois. Les Basques sont de mieux en mieux équipés pour naviguer loin, si loin qu'au XIVe siècle, quand l'utilisation de la boussole devient courante, ils traversent l'Atlantique et atteignent un nouveau rivage : Terre-Neuve.

Oyana pense à son ancêtre parti un jour sur un vaisseau chargé pour une expédition de pêche : briques pour construire les fours sur place, chaloupes, bois pour les tonneaux, cerceaux de fer, provisions, harpons, cidre, épices, farine. Elle pense aux tonnes de cargaison du navire et à sa valise dans la soute qui pèse 20 kilos pour une nouvelle vie.

Mémoire des négociants de Saint-Jean-de-Luz et de Ciboure concernant la découverte de l'île de Terre-Neuve et l'origine des pêcheries des baleines et des morues, mars 1710

« Les bourgs de Saint-Jean-de-Luz et de Ciboure situés dans le pays de la Bour communément appelé le pays des Basques, qui est une portion de l'ancienne Cantabrie comprise dans la Biscaye, ayant été brûlés par les Espagnols, et tous les papiers qui étaient dans les archives des communautés de ces deux bourgs, ayant été enveloppés dans ce désastre, aussi bien que ceux des particuliers, ont été contraints de recourir ailleurs, pour prouver que la découverte de l'île de Terre-Neuve a été faite par les habitants de ces deux lieux, fait que personne n'y a jamais révoqué en doute, et dont la mémoire y a été conservée par tradition, et qui s'y conservera apparemment autant de temps que ces habitants continueront à faire les pêcheries de la baleine, et des morues qu'ils appellent *Bacallaos* en leur langue, la première de ces pêcheries ayant occasionné non seulement la découverte de cette île de Terre-Neuve et du Canada par ces mêmes habitants. Mais encore celle des Indes occidentales par Christophe Colomb. »

Jeudi 10 mai, 3 heures du matin

Tu dors depuis un moment, moi non. Impossible de fermer l'œil. J'ai sur l'estomac le peu de la lasagne que j'ai mangée. Tirer un coup semble avoir fait du bien au moins à toi. Monsieur a vidé la bouteille de rouge et sommeille après sa petite jouissance. Je suis en train de me demander si la fin de l'ETA n'est tout simplement pas la sortie de secours que je cherche depuis un moment. Je suis en train de me demander si te dire la vérité n'a pas plus à voir avec l'état de notre couple qu'avec mes remords.

Oui, je suis à cran. C'est ainsi. Faudra t'y faire.

Tant qu'à te dire la vérité sur moi, autant que j'en profite pour parler de nous. J'ai passé l'éponge sur tant de choses que je ne sais plus quoi essuyer. Peut-être que je vois des taches où il n'y en a pas et que je ne les vois plus quand elles sont là. Combien de fois j'ai eu envie de hurler que j'en avais marre, que je voulais une autre vie. Mais visiblement ça ne t'effleurait jamais l'esprit tant monsieur était pris par ses patients, ses collègues, ses expertises, ses dossiers à rédiger, ses soirées de gala, ses repas au restaurant, ses invitations à des colloques internationaux. Cela dit, ironie des circonstances, des fois ça m'arrangeait, j'avais du temps pour lire, regarder les films que tu snobais.

Je sais très bien que je suis là, que j'ai été là, où j'ai décidé d'être. J'aurais tellement envie de pouvoir te reprocher mes erreurs, mes manquements, mes faiblesses et, au fond, je voudrais que ça vienne de n'importe où mais pas de moi. Si tu savais le nombre de fois où je me suis apitoyée sur mon sort. Quand quelque chose clochait, j'imaginais que c'était ma croix à porter, une punition divine. La religion n'a jamais été mon truc mais je pense qu'en matière de culpabilité judéo-chrétienne, les Basques n'ont rien à envier aux Québécois. En quoi puis-je me plaindre, c'est ce que je me dis depuis des années. Tu as toujours dit que je pouvais faire ce que je voulais quand je voulais. La belle vie. Un vrai vieux couple.

Sans vouloir être méchante, Xavier, j'en ai souvent eu ma claque et par-dessus la tête de nous, mais je me suis tue et j'ai pris mon mal en patience. Pas d'autres solutions. C'est du moins ce que j'ai toujours voulu croire. C'était plus facile comme ça. D'autant que la seule fois où j'avais pris une décision dans ma vie, ça avait salement tourné. Tu sais quoi ? Si j'ai tellement envie de jouer à la politique de la terre brûlée avec cette lettre, ce n'est sans doute pas que pour les raisons qui m'apparaissaient évidentes au début.

Tout à l'heure j'aurais voulu te parler de 2001, de notre enfant mort-né. Maintenant je peux le faire.

Je ne voulais pas d'enfant. Mais tu as insisté.

J'avais tué une mère et sa fille, comment pouvais-je donner la vie ? Tu n'y as jamais songé, j'en suis certaine, mais ce sont les terroristes du 11 Septembre qui ont tué notre fille. C'était insupportable d'être seule avec ce que je savais et je ne voulais pour rien au monde faire vivre ça à un enfant. Faire grandir quelqu'un dans un secret si abominable. Le 11 Septembre m'a ramenée à la dure réalité. Trois mille cinq cents morts pour me rappeler à mon passé, à ce que j'avais enterré six ans plus tôt. Si le débat sur l'indépendance du Québec pouvait parfois me faire penser à mon pays natal, on était loin de la même virulence. Il n'était jamais question ici de vie ou de mort. Je me sentais à l'abri des réminiscences. J'avais coupé tous les liens avec mon pays d'origine. Je ne voulais pas savoir ce qui se passait là-bas. L'Amérique me protégeait. Mais quand j'ai vu ces gens tombés des tours, j'ai su que le bébé n'arriverait pas à terme.

10 mai dans l'après-midi

Je me suis levée tard. Je ne pouvais pas continuer cette lettre. Alors j'ai surfé sur Internet et j'ai cherché les liens que je m'étais toujours refusé de suivre : en 2006, trêve de l'ETA puis attentat à l'aéroport de Madrid ; annonce du cessez-le-feu permanent en 2010 ; fin définitive de l'action armée en octobre 2011, et des morts au hasard : Ernest Lluch et Blanco Garcia en 2000 ; un conseiller municipal et sa femme en 1998 ; Miguel Angel Blanco en 1997, une mort qui avait déclenché d'énormes manifs, on en avait parlé même ici au Québec, j'avais fait une fois de plus la sourde oreille. En cliquant sur les résultats de recherche, certains attentats me touchent plus que d'autres. J'ai bien fait de me retenir pendant toutes ces années : 29 mai 1991, attentat à la voiture piégée devant une caserne de la Guardia Civil près de Barcelone : 9 morts, dont 5 enfants, et 44 blessés. 11 décembre 1987 à Saragosse : 11 morts, dont 4 enfants. 19 juin 1987 à Barcelone : 21 morts et 45 blessés. En 1985, le premier attentat à la voiture piégée tue 16 policiers et un civil à Madrid.

Je pourrais continuer, ajouter les victimes des GAL, qui recrutaient d'anciens membres de la Légion et de l'OAS. Il y aurait ce berger, Cristobal Machicote, et cette jeune lycéenne parisienne de 16 ans, Catherine Brion, mitraillés par erreur à Bidarray en février 1986. En mars 1984, une bombe à Biarritz fait un mort. Encore en 1986, une fillette de 5 ans est traversée par une balle de 9 mm. Elle survivra. Le 24 juillet 1987, les GAL font exploser la voiture de Juan Carlos Garcia Goena, un simple père de famille espagnol installé à Hendaye pour fuir le service militaire. Et puis, nausée, vertige, il y a aussi toutes les victimes oubliées, non répertoriées. Ces morts et ces chiffres mêlés à ceux des attentats de Paris, ceux des fusillades états-uniennes, ceux de Daech, d'Afghanistan, de Turquie, du Mexique et d'Irlande. De quoi rendre fou.

J'ai tapé dans Google : billet avion Montréal-Paris. Je pars, Xavier. Je le savais en commençant cette lettre, je crois l'avoir écrit. Je ne savais pas encore quand. Ce sera lundi après-midi. Quand tu vas rentrer, tu vas trouver ce tas de feuilles sur la table et je serai dans l'avion pour revenir en France. La fin d'ETA m'en donne le droit. Je ne sais pas réellement ce que je vais faire. Je ne suis pas certaine d'avoir le courage de me rendre jusque chez moi. Je vais donc commencer par passer quelques jours à Paris. J'ai réservé un hôtel. Tu comprendras que j'ai fait quelques provisions à partir de notre compte courant. J'imagine qu'à ce stade, ce n'est plus là qu'un détail.

J'ai erré dans la maison en me demandant ce que je pourrais emporter. J'ai photographié chaque pièce.

J'ai choisi des vêtements : ma robe noire à pois blancs que tu aimes tant, mon pull en laine rapporté de Calgary, mon manteau en cuir vert que tu m'avais acheté sur un coup de tête dans Kensington Market. On était allés passer quelques jours à Toronto pour fêter nos dix ans. J'aurais pu prendre des CD mais ceux que j'aime sont déjà dans ma playlist : Bach, Satie, Tom Waits, Richard Desjardins, Brassens, la trame sonore de *Broken Flowers,* Janis Joplin, Gotan Project… J'ai quand même craqué pour le *Stabat Mater* de Vivaldi par Andreas Scholl et *My World is Gone* d'Otis Taylor. Pas besoin de t'expliquer le pourquoi de ce titre. Côté bouquins, je me suis restreinte à trois. *An Unfortunate Woman* de Brautigan. Encore un signe ? *La Femme aux lucioles* de Jim Harrison et, parce que j'en ai tiré le début de cette confession, *Alexis ou le Traité du vain combat.* J'ai aussi failli prendre *La femme qui fuit* mais je n'avais pas assez de place. Je te laisse mes Pléiades d'Hemingway, de Baudelaire et de Rabelais. J'emporte quelques bijoux.

C'est drôle de réaliser que, tout à coup au moment du départ, tant de choses auxquelles je croyais tenir m'apparaissent insignifiantes. Elles ne servaient qu'à consolider le château de cartes de ma vie.

10 mai, fin d'après-midi

Étrange d'imaginer que j'allais revoir la plage de Saint-Jean-de-Luz, le fort de Socoa, la digue de l'Artha, la colline de Sainte-Barbe et les surfeurs qui profitent des vagues du golfe de Gascogne. Tout comme le sommet de la Rhune, les Deux Jumeaux à Hendaye, la route de la corniche. Cliquer sur le bouton PAYER pour acheter mon billet d'avion a fait basculer ce mirage du côté du réel.

J'ai trouvé le document officiel de la dissolution d'ETA sur le Web. C'est comme un second billet pour la liberté. L'impression d'en avoir été, d'en être sans en être. Toujours entre deux, oui c'est ça, c'est exactement la place que j'occupe depuis toujours : deux pères, deux pays, deux passés mais un seul avenir incertain. En lisant le communiqué, j'ai pensé à tous ceux qui y croyaient, qui argumentaient au bar, dans leur famille, qui ont donné de l'argent, assisté aux concerts de soutien, fait des manifestations, se sont sacrifiés. Tous ces gens à qui, tout à coup, on dit : vous vous êtes trompés ! Et puis les autres, ceux qui haïssent tout ce qui touche à la cause basque, de près ou de loin, parce qu'ils se sentent d'abord espagnols ou français, parce qu'ils croient à l'union, parce qu'aussi, peut-être, certains de leurs proches sont morts dans un attentat. Aujourd'hui ils ont l'impression que l'ETA veut se faire pardonner et tous ces bien-pensants et ces bons chrétiens qui vont à la messe depuis dix générations, ceux qui se mettent à genoux devant le Christ qui prône le pardon, eh bien ceux-là sont les derniers à vouloir tirer un trait. Ils veulent la vengeance à tout prix.

Adieu

Elle sent son sexe qui pénètre dans son vagin. Il s'enfonce en elle. Son sexe est dur et lisse. Il entre dans son corps en cadence : et une, et deux, et trois, et quatre. Il serre ses fesses à deux mains pour aller un peu plus loin. Il lui mordille le cou, lui lèche les oreilles et enfonce la langue dans sa bouche. Leurs lèvres s'emmêlent. Elle lui prend aussi les fesses pour l'encourager. Elle compte dans sa tête les coups : et un, et deux, et trois, et quatre. Elle sent son sexe, leurs sexes, l'afflux sanguin dans les zones érogènes, elle sent son poids sur elle, la sueur de plus en plus prégnante entre leurs deux corps. Elle serre les fesses et contracte les muscles de son vagin pour resserrer l'étreinte, qu'il vienne au plus vite, qu'il éjacule une bonne fois pour toutes et qu'on en finisse. Elle en a marre : et une et deux et trois et quatre. Elle l'encourage de quelques *hummmm, haaahaaa, ouiiiiiiii* et enfin il crie *haaahaaaaah* et elle sent le sperme chaud en elle qui bientôt coulera sur les draps. Il a joui, c'est fait. Elle est seule à savoir qu'entre eux c'est fini.

11 mai au matin

Dernière ligne droite. Je vois bien que je suis en train de me perdre, à partir dans tous les sens sans arriver à être convaincante ou, du moins, pardonnable. J'ai déjà écrit que je ne voulais pas te demander pardon. Je voudrais au moins être compréhensible. La seule chose que j'espère, c'est que cela te donnera la clé pour comprendre tous ces trucs qui clochaient et que je balayais sous le tapis. Tu comprendras sans doute mieux d'où venaient les crises de migraine qui me jetaient par terre, me clouaient au lit ou sur le divan dans l'obscurité des jours durant. Aucun médicament ou traitement n'y faisait jamais rien, et Dieu sait si tu en as parlé à différents collègues. Ça commence toujours par ce point dans le ventre qui monte par la poitrine, par la gorge. Mon cou et mes épaules se raidissent et la douleur prend de l'expansion dans la tête. Je voudrais me percer les tempes pour faire sortir la pression. Je ne peux rien avaler. J'ai envie de vomir et parfois je vomis. Je ne peux qu'attendre que ça passe avant de me relever et de reprendre le cours des choses.

Pendant des mois je réussis à enfouir ce qui me ronge, à oublier l'attentat, à ne pas penser à mes parents ni craindre une descente de police en pleine nuit jusqu'à ce que mon corps me rappelle à la réalité. Je ne peux pas le leurrer. C'est la punition de mon refus d'y voir clair. Je pourrais jouer la comédie ce soir quand tu vas rentrer. Tu me croirais sûrement. Encore une migraine qui me cloue sur place. Tu me proposerais d'annuler le voyage à Québec. Je te persuaderais d'y aller seul. Je gagnerais deux jours de solitude avant de partir. Mais je te dois bien ça, nos deux derniers jours ensemble, même si c'est chez tes parents dans leur belle maison du chemin Saint-Louis. Je vais le faire. Je vais y arriver. Nous allons hésiter entre prendre l'autoroute 20 que tu trouves plus rapide et l'autoroute 40 que je trouve plus tranquille. On arrivera dans l'après-midi et ta mère sera très contente de nous annoncer qu'elle a fait du saumon sans se rendre compte que c'est ce qu'elle fait chaque fois qu'on vient la voir. Ton père va me montrer le dernier gadget technologique qu'il vient de s'offrir. Après le souper, on ira promener le chien et épier les voisins par la vitre de leur salon. Je vais une fois de plus me demander pourquoi il n'y a pas de volets aux fenêtres avant de me répondre par l'évidence de la neige et du froid qui rendent la chose impossible la moitié de l'année. Dimanche en fin d'après-midi nous serons de retour à Montréal en espérant que les bouchons sur le boulevard Métropolitain ne seront pas trop pires et ce sera notre dernière nuit.

Je te promets de t'envoyer un courriel dans les prochains jours. Tu peux bien sûr m'écrire ou me laisser un message, je pense que mon numéro fonctionnera à Paris.

Je voudrais continuer mais je bloque.

J'ai à la fois l'impression d'en avoir trop dit et de n'avoir rien dit. Ces derniers jours, j'ai fait ce que j'ai pu, Xavier, tout en essayant de continuer à fonctionner comme si de rien n'était. Il m'était impossible d'en parler autrement. Je ne sais pas ce que sera la suite. Je ne veux pas y penser. J'espère que tu te donneras le temps de digérer tout ça.

DEUXIÈME PARTIE

Déclaration finale d'ETA au peuple basque

ETA, organisation socialiste révolutionnaire basque de libération nationale, souhaite informer le Peuple Basque de la fin de sa trajectoire, après la ratification par ses militants de la proposition de mettre un terme au cycle historique et à la fonction de l'Organisation. En conséquence de cette décision :

— ETA a entièrement défait l'ensemble de ses structures.

— ETA a mis un terme à toute son activité politique. Elle ne sera plus un acteur qui exprime des positions politiques, engage des initiatives ou interpelle d'autres acteurs.

— Les ex-militants et ex-militantes d'ETA poursuivront la lutte en faveur d'un Pays basque réunifié, indépendant, socialiste, euskaldun et non patriarcal dans d'autres champs, chacun dans le domaine qu'il considère le plus opportun, avec la responsabilité et l'honnêteté de toujours.

ETA est née alors que le Pays basque agonisait, étouffé par les serres du franquisme et assimilé par l'État jacobin, et maintenant, soixante ans plus tard, un peuple vivant existe et veut décider de son avenir, grâce au travail réalisé dans différents domaines et à la lutte menée par plusieurs générations.

ETA veut mettre un terme à un cycle dans le conflit qui oppose le Pays basque aux États, caractérisé par l'usage de la violence politique. Malgré cela, les États s'entêtent à perpétuer ce cycle, conscients de leur faiblesse dans la confrontation strictement politique et craignant la situation qu'engendrerait la résolution complète du conflit. En revanche, ETA n'a pas du tout peur de ce scénario démocratique, et c'est la raison pour laquelle elle a pris cette décision historique, pour que le processus en faveur de la liberté et de la paix continue à travers d'autres voies. C'est la conséquence logique de la décision adoptée en 2011 d'abandonner définitivement la lutte armée.

Dorénavant, le principal défi sera celui de construire en tant que peuple un processus axé sur l'accumulation des forces, la mobilisation populaire et les accords entre différents acteurs, pour aborder tant les conséquences du conflit que ses causes politiques et historiques. La concrétisation du droit de décider afin d'obtenir la reconnaissance nationale sera l'élément clé. L'indépendantisme de gauche va œuvrer pour que cela ouvre la voie à la constitution de l'État basque. Cette ultime décision, nous l'avons adoptée pour favoriser une nouvelle phase historique. ETA est née du peuple et, à présent, elle se dissout en lui.

GORA EUSKAL HERRIA ASKATUTA !

GORA EUSKAL HERRIA SOZIALISTA !

JO TA KE INDEPENDENTZIA ETA
SOZIALISMOA LORTU ARTE !
Pays basque, 3 mai 2018
Euskadi Ta Askatasuna – ETA

Sainte-Anne-de-Beaupré, mardi 15 mai

Vingt-quatre heures depuis mon départ. Ça ne se passe pas comme prévu. D'un autre côté, il n'y avait pas grand-chose de prévu. L'avantage de larguer les amarres, c'est la dérive. Hier, avant que tu passes la porte pour partir à l'hôpital, tu n'as pas dû comprendre pourquoi je te serrais si fort dans mes bras. Pourquoi nous nous sommes réellement embrassés, et pas juste donné un bec de bonne journée. C'était comme à nos débuts quand tu partais pour plusieurs jours, ou mieux, comme quand tu revenais.

J'ai passé la matinée à faire ma valise et à imprimer ce que je t'avais écrit, la tête dans le coton. À un moment, j'ai eu peur que la migraine me tombe dessus et m'empêche de partir. Fausse alerte. J'ai réservé le taxi pour 13 h 30. C'était bizarre d'être à l'aéroport pour moi et non pour t'accompagner. Je n'étais pas montée dans un avion depuis vingt-trois ans mais je t'avais vu partir bien des fois. À la borne d'enregistrement, j'ai glissé mon passeport sous le scanneur en retenant mon souffle. La machine a imprimé ma carte d'embarquement et mon étiquette bagage. J'ai roulé ma valise jusqu'au préposé à l'accueil qui a vérifié mes papiers. Même si j'avais désormais un passeport canadien, c'était toujours pour moi un grand moment d'angoisse. Mais il a dit : « C'est bon, vous pouvez y aller. » Je ne sais trop ce qui m'a pris. J'ai fait demi-tour en prétextant avoir oublié quelque chose et je suis allée à la boutique de souvenirs acheter un paquet de cigarettes et un briquet avec une fleur de lys. Je suis sortie dans la zone fumeur et j'ai grillé une clope en regardant les taxis arriver et repartir, les valises sortir des coffres, les bouches faire des bisous, les mains décrire des au revoir, le sifflet de la police faire la circulation, un avion déchirer le ciel. La fumée, son goût dans ma bouche était dégueulasse, mais l'engourdissement qu'elle procurait à mon cerveau me faisait un bien fou. J'ai écrasé ma clope à la moitié et je suis partie vers l'ascenseur. J'ai marché jusqu'aux locations de voiture. J'ai pris ce qui restait. Je voulais le plus simple et j'ai été surclassée : une Toyota RAV4 rouge. Avant de partir, j'ai retiré la carte SIM de mon téléphone, déconnecté mon service de messagerie et lancé ma playlist sur l'autoradio en me connectant en Bluetooth. Le hasard, qui fait bien les choses, a voulu que je quitte le parking de l'aéroport avec Janis Joplin chantant : *So long, my honey, so long. / I guess I'm gonna make it somehow / But you may not be with me darling when I do / 'cause you're not with me now !*

Sur la route, droit vers l'est, je me suis allumé une autre cigarette : rien à foutre de l'interdiction de fumer dans une voiture de location. J'ai suivi le trafic qui sortait de l'île en passant sous les panneaux fléchant tout droit Trois-Rivières et Québec. En vingt années, j'empruntais cette route sans toi. Le passage près des raffineries m'a une fois de plus renvoyé l'image d'un monde déshumanisé. Quand j'avais vu cet endroit la première fois, c'était la nuit. Je me souviens de m'être dit que j'étais vraiment en Amérique. Cet enchevêtrement de tuyaux, de métal, de boules en béton et de piscines en acier me fascinait. Et tout ça couronné de flammes aléatoires qui léchaient le ciel comme autant de statues de la Liberté éclairant le monde, un monde qui avait des allures d'enfer plutôt que de paradis. La puissance du lieu reflétait sa fonction : faire vivre la ville, tourner les moteurs, rouler les voitures, nourrir l'économie de toute une île, de toute une province. Le capitalisme était ici à son apogée, c'était le cœur qui irriguait de sang noir les veines du pays.

L'écriture m'emporte. Je réalise que j'écris autant pour moi que pour toi. Maintenant que je me suis lancée, dans l'écriture comme sur la route, je n'ai pas envie de m'arrêter.

La migraine a commencé à monter à l'approche de Trois-Rivières. J'ai pris la sortie vers le centre-ville. Je me suis arrêtée dans un grand parking pour me rendre compte que j'étais à la gare d'autobus. Il y avait un hôtel Delta juste à côté. Je n'ai pas cherché plus longtemps. Une heure plus tard, allongée dans un bain chaud, je me disais que j'étais bien mieux là que coincée sur un siège de la cabine économie d'Air France au-dessus de l'Atlantique. En me relaxant, en me couchant juste après ce bain, j'avais espoir que la migraine disparaisse.

Je me suis levée en pleine forme. Me suis régalée au buffet continental avec une mauvaise salade de fruits, des œufs tièdes, du bacon froid, un bagel au fromage et un café plein de lait et plein de sucre. *Sky was the limit !*

Le rêve qui m'avait échappé au matin m'est revenu en mangeant mon bagel. Je suis sur une île et la mer monte. Plus elle monte, plus je réalise que l'île va être engloutie. La mer se lève, des vagues gonflent au loin, de plus en plus grosses. Une énorme arrive au-dessus de ma tête. Je suis attirée au large par le courant du ressac. La vague toujours au-dessus de moi, qui va s'abattre. Le temps est suspendu. Comme dans un film de surf, au cœur du rouleau au bord de l'écume. Je crois que je vais mourir. Alors je me laisse couler. Entre deux eaux, j'attends que la vague casse, tombe et m'écrase. Je ferme les yeux et j'attends. Mais rien. Il ne se passe rien. Tout vire au calme. Comme si j'avais été épargnée par la vague. Et là je réalise que je respire sous l'eau !

Me réveiller en pensant que je peux respirer sous l'eau. Rêve et sensation étranges du matin. Sous la douche s'est imposée à moi cette idée : aujourd'hui, j'achète un appareil photo. Ce qui fut fait après le déjeuner à l'hôtel. Le Best Buy était à cinq minutes. Je n'ai pas niaisé avec le prix. J'ai choisi un EOS 80D. J'en avais ma claque des photos prises avec mon téléphone. Il était temps que je retrouve un vrai objectif.

Depuis Trois-Rivières, je n'ai pas repris l'autoroute, j'ai continué sur la 138, ce fameux Chemin du Roy que de Gaulle lui-même avait emprunté lors de son voyage en 1967. La ligne jaune défile au rythme de l'ombre des poteaux électriques qui relient les maisons semées en rang et les fermes en aluminium tout en longueur avec leurs silos à tête ronde, sortes de gratte-ciel avortés qui auraient compris qu'ils n'ont pas besoin d'aller bien haut pour tout dominer dans cette vallée sans sommet. Le même schéma se répète sans cesse où les fermes éparses font place aux maisons de moins en moins isolées. L'urbanisation se densifie à l'approche des villages qui se ressemblent : l'église de pierre grise au toit de tôle argentée, l'enseigne verte de la Caisse Populaire Desjardins, le dépanneur, la station-service et la pharmacie. Quatre ou cinq minutes suffisent à franchir la paroisse, ensuite les maisons se raréfient et les fermes reprennent leur droit. Le fleuve apparaît par intermittence comme pour nous guider. On se laisse aller avec le courant. On s'imagine partir vers le large. En ville, on sait qu'il n'est pas loin et jamais on en profite. Ça faisait du bien de sentir ce lien avec la mer. Mon pays, c'était donc ça, ces maisons carrées blanches à volets rouges, moi qui désormais avais passé plus de temps ici au Québec que dans le lieu de ma naissance. Ce paysage continuait pourtant à m'être étranger. Je n'y avais pas grandi, je n'en possédais pas les codes. Le territoire est un langage.

Si on ne le parle pas dès l'enfance, il manque toujours quelque chose. Je n'arrive pas à envisager la vie le long de ces routes interminablement droites. Qu'y fait-on quand on a 7 ans ? Comment passe-t-on ses samedis après-midi quand on a 12 ans ? On se rejoint où à l'adolescence quand on habite entre Montréal et Trois-Rivières, à Shawinigan ou à Thetford Mines ? Depuis que je suis ici, j'ai presque fait essentiellement des sauts entre les deux plus grandes villes de la province, comme si tout le reste n'était que paysage et décor. Ces maisons rangées en ligne au fil de la route m'ont toujours fait penser à des maisons de poupée avec leur toit en pente et leurs petites fenêtres bien disposées de chaque côté de la porte d'entrée plantée en plein milieu de la façade, celle qu'on n'utilise jamais parce que de toute façon tout le monde rentre par la porte de côté. Elles me sont sans cesse irréelles.

À Grondines, je me suis laissé convaincre par le panneau touristique qui annonçait un moulin à vent un peu plus loin sur la droite. Déception : il était sans ailes. Il ne restait que le corps du bâtiment, une espèce de fusée prête à décoller à quelques mètres d'une marée basse qui découvrait des amoncellements de pierres dans le lit du fleuve. Après avoir fumé une cigarette en regardant passer au loin un porte-conteneur, je suis allée chercher l'appareil photo tout neuf. Installée sur une table de pique-nique, j'ai monté l'objectif, inséré la carte mémoire et attaché la sangle de transport. J'ai joué avec les menus, choisi une bonne définition et verrouillé le mode automatique.

J'ai fait le tour du moulin en cherchant le bon angle. Je voulais lui redonner des ailes, faire une photo dont le titre serait : la victoire de Don Quichotte.

J'ai repris le volant.

La route était paisible, peu de circulation, des odeurs printanières de terre humide qui montent, une lumière qui gagne sur les restes de l'hiver, un soleil de moins en moins oblique. De Deschambault à Cap-Santé, en passant par Portneuf, la nature explosait dans les coteaux plein sud et les berges du fleuve. Le vert tendre des premiers bourgeons rendait le paysage duveteux. C'était de ces jours où le soleil surchauffe l'habitacle de la voiture, mais aussitôt qu'on baisse sa vitre il fait trop froid. Les plaques de neige dans les sous-bois et la glace des lacs fraîchement calés poussent les derniers frissons avant l'été. À Donnacona, j'ai fait le plein au Pétro-Canada et j'en ai profité pour aller manger un club-sandwich au Normandin avant de reprendre l'autoroute. Le GPS annonçait une heure et demie jusqu'à Baie-Saint-Paul. Je ne voulais pas m'arrêter à Québec. J'aurais eu trop peur que le hasard me mette sur la route de tes parents.

J'ai contourné Québec avant de m'arrêter aux chutes Montmorency. J'avais à nouveau besoin d'une pause. Tu m'avais amenée ici une fois, en me parlant du pain de sucre que formait la bruine du torrent en plein hiver. Entendre l'eau tomber, se fracasser sur les roches, plonger dans les remous m'a fait du bien. Je suis allée humer les embruns sur le promontoire sans me lancer dans l'escalier panoramique. Il n'y avait pas grand monde. Je me laissais hypnotiser par la cataracte. Il est toujours étonnant de constater à quel point le tumulte d'une chute apaise. J'ai fini de me dégourdir les jambes et le dos en retournant vers le parking. C'est de là que j'ai pris ma photo des chutes Montmorency. Je me suis mise derrière le rétroviseur de mon SUV de location et j'ai fait la mise au point sur l'arrière-plan.

Autoportrait de chute hors champ.

Je n'ai pas roulé très longtemps avant de me rendre compte que j'étais épuisée. À Sainte-Anne-de-Beaupré, je me suis décidée pour un motel de film américain, wifi gratuit, cuisinette et air climatisé. Le propriétaire m'a expliqué qu'il y avait de la place en masse à ce temps-ci de l'année. « Les touristes ont pas encore arsoud pis les skieurs ont paqueté leur gréement depuis un bout'. » Le genre de personnage qui me rappelait que je n'étais pas née icitte. L'accent québécois n'avait plus de secret pour moi mais la langue des gens plus âgés me surprenait encore souvent. Ils avaient cette manière de dire comme s'il leur manquait des dents. Comme ton oncle qui imitait ton grand-père en sortant son dentier. À chaque fois un choc. C'était la première fois que je voyais quelqu'un se sortir les dents de la bouche. Tu m'avais expliqué qu'à une époque au Québec le dentier avait été à la mode. Tu ironisais en ajoutant que c'était un autre élément qui faisait du Québec une société distincte.

C'était un vrai motel avec lit king size, chaises en faux cuir orange et tapis marron. J'ai fumé une cigarette sur la chaise blanche en plastique dehors devant ma porte. Je me suis ensuite étendue sur le couvre-lit à fleurs pour repenser à ces derniers jours. J'avais été comme en pilote automatique. Plus je m'éloignais, plus je prenais conscience de ce qui m'arrivait. Ça me semblait extérieur à moi-même : tout ça arrivait à quelqu'un d'autre. Je regardais ça de loin. C'était la même sensation que j'avais éprouvée après l'attentat, quand j'étais partie pour Mexico, quand j'avais commencé à travailler à l'hôtel et aussi au cours de mes premiers mois à Montréal avec toi. Étendue sur le lit, j'ai commencé à avoir peur de ce qui voulait me rattraper.

Après j'ai marché jusqu'à la brasserie de l'autre côté de la route. J'ai commandé un demi-litre de vin blanc avec ma salade César. Au deuxième verre, mon coup de cafard s'est estompé. Je retrouvais le plaisir d'être là sans but, d'avoir osé faire ce que j'avais fait. Je me sentais à nouveau forte du courage que j'avais eu. Ma salade nageait dans la sauce, les croûtons étaient mous, les morceaux de poulet sans goût, mais la vue sur le fleuve était grandiose et la route encore longue. Après la dernière goutte de vin, j'ai décidé que je devais vraiment partir. Je n'avais pas d'autre choix que de prendre l'avion.

Je suis de retour au motel, j'ai trouvé une place sur un vol demain. Je vais quitter Sainte-Anne-de-Beaupré à l'aube pour être à l'aéroport de Dorval dans l'après-midi. Plus question de revenir en arrière.

Ancêtres

Oyana se voulait la descendante du capitaine Darache, lui qui avait tenu tête au roi de France en engageant le combat contre les équipages de Pont-Gravé à Tadoussac au printemps 1608. Il avait fallu attendre l'arrivée de Champlain un mois plus tard pour régler le problème à l'amiable.

Oyana se voulait la descendante du capitaine Martin Sopite, né à Ciboure, inventeur en 1635 d'un procédé de fonte de graisse de baleine à bord des navires. Il était désormais possible de partir chasser loin des côtes pendant des mois.

Oyana se voulait la descendante du capitaine Étienne Pellot. La tête de l'Hendayais, devenu le plus célèbre corsaire de l'Empire, fut mise à prix au début du XIXe siècle pour une somme record de 500 guinées.

Oyana se voulait la descendante du dernier harponneur, Jean-Louis Anchochoury, mort à Ciboure, sa ville natale, en 1882.

Oyana se voulait la descendante des milliers de Basques qui avaient émigré en Amérique pendant des décennies, au Chili, en Argentine, aux États-Unis, à Cuba et ailleurs. Le droit d'aînesse poussait les plus jeunes hors du pays, l'aîné se voyant octroyer tout l'héritage de l'*etche,* la maison. Il ne restait rien pour les autres.

Oyana ne saurait jamais à qui elle devait ses grands yeux verts, ses sourcils épais bien dessinés et droits sur son haut front. Elle ne croiserait jamais celui qui lui avait peut-être donné ce petit creux au bout du menton. Le nez et la bouche, c'était sa mère. Ce nez qu'elle ne trouvait jamais assez mince mais qui donnait son harmonie basque à l'ensemble du visage : carré et fier, provocateur et délicat. Elle ne comprendrait jamais et ignorerait toujours pourquoi elle ne voulait pas savoir.

À une filiation réelle qui l'aurait peut-être déçue, elle préférait une descendance imaginaire héroïque.

Paris, vendredi 18 mai

Me voilà attablée à une terrasse rue Daguerre. À peine quatre jours depuis que j'ai quitté la maison, mais on dirait que cela fait plusieurs semaines. En face de moi, de l'autre côté de la rue, il y a une bouquinerie, un resto de sushis et une épicerie. Je suis à deux pas de mon hôtel. Je t'écris à la main avec un Paper Mate noir. Le soleil qui tape chauffe l'encre. L'écriture glisse doucement sur le cahier en cette fin d'après-midi. L'encre fluide facilite la fuite en avant, tire ma main vers la marge avec plaisir. La pointe du stylo irradie. Les souvenirs bouillonnent, les mots tombent, le serveur pose la tasse de café à côté de mon paquet de cigarettes. Oui, je refume comme il n'est pas permis.

Il y a quarante-huit heures, à la seconde tentative, j'ai réussi à prendre l'avion. De retour au comptoir d'Air France, j'ai acheté un nouveau billet. Une fois la valise enregistrée, il me restait le contrôle de sécurité. J'ai tout fait avec précaution. Mis mes produits liquides dans une poche à part. Posé dans les bacs en plastique mon ordinateur, mon téléphone, mon portefeuille, mes boucles d'oreilles, ma chaîne en or blanc, ma ceinture, mes chaussures. Tout ça de manière très méthodique, en automate. Sans me poser de questions. J'avançais. J'ai marché jusqu'à la porte d'embarquement. J'ai trouvé un siège libre. Quand il a été l'heure de monter dans l'avion, j'ai emprunté la file Classe Affaires. Tu me pardonneras l'escroquerie, mais j'ai vidé ton compte de Miles pour être surclassée. Tant qu'à revenir vers un passé inconfortable, j'ai décidé de le faire dans les meilleures conditions. J'ai d'ailleurs levé le verre de champagne qu'on nous offre avant le décollage à ta santé, à nos années à Montréal, au Québec, à mes anciennes vies.

J'étais assise côté hublot. Une dame d'un certain âge avec des bijoux en or trop voyants et une odeur de parfum envahissante m'ignorait sur ma gauche. J'ai passé le début du vol entre somnolence, regard sur les nuages et défilement du trajet de l'avion sur l'écran. Je me voyais remonter le Saint-Laurent, survoler Terre-Neuve puis l'Atlantique. Avec un somnifère et le siège quasiment incliné à l'horizontale, j'ai réussi à dormir un bon trois heures. Il y a eu ensuite le Groenland et l'Angleterre. À intervalles réguliers, la carte indiquait le point d'arrivée : Paris. Quand l'avion a touché le sol, j'ai confondu le choc du train d'atterrissage et celui de l'émotion qui est montée d'un seul coup en moi. J'étais de retour. Il ne me restait qu'à passer la douane et récupérer ma valise. Sueurs froides pour rien, aucun problème. J'ai pris un taxi pour être à l'hôtel le plus rapidement possible. La France défilait derrière la vitre avec son trafic et son horizon gris.

Je ne me sentais pas du tout chez moi. J'avais besoin du Sud, mais il fallait en passer par là et une chambre près de la gare Montparnasse pour pouvoir prendre le train dès que je m'en sentirais capable. À peine à l'hôtel, j'ai sombré. Terrassée par la fatigue des deux dernières semaines ou celle sournoise de deux décennies.

Je me suis réveillée seize heures plus tard. Avec la sensation de ne pas avoir été aussi légère depuis très longtemps. Pour une fois, je n'avais pas celle du remords au fond de la gorge. La femme qui s'était laissé porter par les événements avait enfin décidé d'agir. En sortant de l'hôtel à la recherche d'un restaurant, j'étais enfin là où il fallait que je sois. Une sorte d'euphorie m'a gagnée. J'ai marché au hasard des rues en m'interdisant de penser à ce qui se passait pour toi à la maison. J'ai fait le tour de la réplique du Lion de Belfort de Bartholdi, qui m'observait d'un air grave. Tu m'avais expliqué un jour que celui du square Dorchester en était une aussi au un dixième. Puis mes pas m'ont menée jusqu'à la Fondation Cartier. J'ai déambulé au milieu des maquettes d'un architecte japonais : structures suspendues, restaurant souterrain, arc-en-ciel métallique. Je flottais. Je n'arrivais pas à me croire en France. Je reconnaissais mon accent perdu dans les murmures des visiteurs. Au sous-sol, dans une salle noire, une vidéo expliquait en anglais le travail de l'architecte. Un mot a retenu mon attention : *absentmindedly*. La commentatrice le prononçait de manière très poétique. J'ai eu le sentiment que cela décrivait parfaitement mon état : distraitement. J'ai entrepris le tour du parc à l'extérieur de la fondation.

Il y avait une cabane en bois dans laquelle une installation vidéo projetait sur un monticule de sable la tombe d'un chat. L'artiste proposait une réflexion sur le temps qui passe et je suis sortie de la cabane avec une drôle de boule au ventre. Je me suis assise sur un banc en pierre sous les arbres. J'ai allumé une cigarette. C'était curieux d'être dans ce parc en plein Paris. Je voyais les gens dans le musée derrière les baies vitrées. À me voir ainsi coupée du monde par un mur de verre, j'ai opté pour prendre le train dès le lendemain. Inutile de repousser mon retour au Pays basque plus longtemps. J'ai traversé l'Atlantique, maintenant je suis prête pour l'Hexagone.

Samedi 19 mai

Tu me manques. C'est bizarre.

Je suis dans le TGV entre Paris et Bordeaux. Avec la nouvelle ligne, le trajet n'est plus que de deux heures. Ça va trop vite, cette vitesse me panique. La nuit dernière, j'ai très mal dormi. Le décalage et le reste.

Ça ne va pas aujourd'hui. Ça ne va pas du tout.

Plus j'approche du but, plus je rumine mon échec. Je n'aurais sans doute jamais dû partir. Je n'aurais pas dû t'écrire cette lettre. Il suffisait que je reste. On aurait pu continuer ensemble.

La campagne se transforme derrière la vitre. Paris est déjà loin. J'ai décidé de passer une nuit à Bordeaux. Une autre étape du retour. Impossible de rentrer directement. J'ai peur de ce que je peux trouver là-bas. Durant mon insomnie cette nuit s'est imposée à moi une idée que j'ai refusé de prendre en compte jusqu'à présent. Et si mes parents étaient morts et enterrés ? J'avais toujours pensé que le cas échéant quelqu'un aurait su me joindre, quelque chose m'aurait fait signe.

À cette angoisse du mauvais pressentiment, j'essaie de ne pas songer.

C'est aussi pour ça que je continue à t'écrire. Je n'ai pas encore osé ouvrir ma messagerie pour t'envoyer un mot. Je me suis promis d'attendre d'être arrivée. Mais peut-être que ce soir, depuis l'hôtel en face de la gare, je vais me reconnecter et lire ce que tu as écrit. Si tu as écrit. Tu l'as certainement fait déjà. En attendant je file dans un train bondé vers cette ville qui, paraît-il, s'est métamorphosée ces dernières années. Tu te souviens, il y a trois ou quatre ans, quand Justine et Philippe ont fait le voyage ? Ils en ont parlé pendant des heures. Ils voulaient absolument revenir à Bordeaux avec nous, nous montrer combien il était merveilleux de dormir au Grand Hôtel devant l'Opéra, de se déplacer en tramway et de manger des huîtres au marché des Capucins. Il fallait ne pas manquer le bassin d'Arcachon et la dune du Pyla, l'église troglodyte de Saint-Émilion et la route des châteaux dans le Médoc. La ville qu'ils décrivaient n'était pas celle que j'avais connue. Je me retenais pour ne rien dire et éviter de me trahir.

J'y serai dans moins d'une heure. On dit souvent que ce ne sont pas les villes qui changent mais ceux qui les visitent. Je ne sais pas ce que je viens chercher ici, mais aller directement à Ciboure je ne pouvais pas. Que me reste-t-il de ce passé ? J'ai coupé tous les ponts, je ne connais plus personne. Pourtant, quelque chose me pousse à revoir ces lieux, comme si cela pouvait répondre à des questions que je n'arrive pas à formuler. Tu disais souvent à la blague, en parlant de ta vie à Montréal et de ta jeunesse dans la ville de Québec : on peut sortir un gars de Québec mais on ne peut pas sortir Québec d'un gars ! Je ne pouvais m'empêcher de ne pas être d'accord. C'était tout l'inverse de ma vie. Je m'étais arraché de l'intérieur tout ce qui pouvait me lier au Pays basque. Je faisais un rejet complet de tout ce qui pouvait ressembler de près ou de loin à des histoires de régionalisme, nationalisme, isme, isme, isme. Ce n'était pas par conception politique, c'était une expérience personnelle. Tu peux le comprendre maintenant. Je ne pouvais pas me définir par ce type d'appartenance même si j'ai toujours adoré le Québec. Une fois que l'on s'est arraché à la géographie d'un lieu, on doit s'accrocher à son pays intérieur. C'est en soi que se joue la vraie guerre d'indépendance. Pourtant, je suis sur la route, et le train qui roule vers le Sud-Ouest est la contradiction même de ce que je viens de t'écrire. Ne me demande pas d'être trop cohérente. J'ai simplement besoin de t'écrire, d'écrire, de parler avec quelqu'un. Maintenant que je t'ai quitté, il ne reste plus que toi.

Le contrôleur annonce l'arrivée en gare de Bordeaux. Le train longe la Garonne, la zone portuaire. J'aperçois le pont d'Aquitaine qui me fait penser au pont Pierre-Laporte à Québec. Ce sont les mêmes, ils relient deux rives avec leurs arches tubulaires. Ils traversent chacun un fleuve qui rejoint le même océan.

Dimanche 20 mai, dans l'après-midi

Je suis à nouveau dans le train. Toujours à fuir. Je quitte Bordeaux dans la précipitation.

Hier je n'ai pas reconnu la ville. Peut-être est-ce une manière de dire que je ne me reconnais pas moi-même. Mis à part la flèche Saint-Michel et le pont de pierre, tout me semble différent. J'avais déposé ma valise à l'hôtel et très envie d'arpenter les rues comme une simple touriste en vacances. Je n'ai pas voulu prendre le tramway qui était encore plus bondé que le métro de Montréal aux heures de pointe. J'ai marché vers la Garonne, ses eaux boueuses et bouillonnantes. J'ai longé les quais sur des trottoirs larges qui n'existaient pas quand j'avais vingt ans. Les vieux hangars sur les berges ont été remplacés par des espaces verts. Les façades ont été ravalées, nettoyées. Il ne reste qu'un ou deux bâtiments encore noirs du passé. Je trouve la ville jeune et je me sens vieille. Je prends la mesure de mon absence.

Qu'est-ce que je fais ici, Xavier ?

J'ai l'impression que la violence qui m'a chassée est toujours présente. J'ai tourné dans une rue sur ma gauche pour m'enfoncer dans une ruelle. J'ai débouché sur la rue Camille-Sauvageau et j'ai été surprise d'y découvrir des boutiques à la mode, une galerie d'art et une boulangerie bio. Mon étonnement a été encore plus grand arrivée place Saint-Michel. Comment dire ? C'était propre. J'avais l'impression encore une fois que tout avait été nettoyé. Les vieux restos espagnols remplacés par des pizzerias, les marchands de kébab délogés par des vendeurs de hamburgers. La rue où les étals débordaient de plats à couscous et à tajine, de bacs d'épices et d'olives, où les légumes et les fruits envahissaient le trottoir, cette rue est désormais presque vide. Le décor des bars à vin a remplacé l'exubérance populaire. On ne risque même plus de marcher dans une merde de chien. J'ai compris que je ne retrouverais rien et j'ai maudit intérieurement l'ETA pour sa dissolution. Sans la fin du conflit, je serais encore avec toi dans ma vie montréalaise. Je suis en train de saisir que la violence du passé a été chassée par une autre violence, celle lisse et insidieuse d'un présent sans histoire. Mais il faut croire que ça marche, la ville grouille de monde partout. J'ai pris une photo de la perspective qui donne sur le marché des Capucins. Les Capus, c'est là qu'on finissait nos soirées étudiantes, attablés devant une soupe à l'oignon gratinée. En allant vers mon ancien appartement, je n'en ai pas cru mes yeux. Il y a dans le quartier un restaurant qui vend de la poutine ! Faire 6000 kilomètres pour rentrer en France et se retrouver devant un bar québécois ?! Ma seule consolation a été de retrouver les vieux pavés de la rue Neuve en cherchant la porte en bois rouge du numéro 16, percée des rectangles des boîtes aux lettres. Au lieu de quoi, j'ai trouvé une porte bleue impeccablement peinte, commandée par un digicode. Plus loin, la place Sainte-Colombe était, elle aussi, méconnaissable. J'ai continué jusque dans le quartier Saint-Pierre, toujours abasourdie par la métamorphose de la Belle Endormie envahie par les boutiques et les touristes. Je me suis dit qu'un grand verre de rouge et du foie gras me feraient du bien mais je n'ai trouvé qu'un *noodles bar*, un vendeur de bagels, un resto de burgers et un autre de sushis. Je ne sais plus ce qui me déprime le plus, la nouvelle ville ou simplement le XXIe siècle ?

Je marchais dans la foule compacte du quartier Saint-Pierre, la tête en l'air, j'approchais de la place de l'église quand un cri a retenti dans mon dos : « Oyana ! » Un grand froid m'a traversée. Après m'être figée une seconde, j'ai continué sans me retourner. Le cri a retenti de nouveau. Une voix de femme. J'ai accéléré. Je m'attendais à sentir une main sur mon épaule, mais j'ai réussi à me faufiler au milieu d'un groupe d'Asiatiques et à disparaître dans la rue des restaurants sur la gauche. Je n'ai plus entendu crier mon nom. J'ai presque couru jusqu'à la place de la Bourse, un tram était en train d'arriver. J'ai sauté dans le wagon de tête et ne me suis retournée qu'une fois les portes fermées. Tu comprends maintenant pourquoi j'ai commencé ce message en te disant que je fuyais.

Ce matin, j'ai noué un foulard sur ma tête et je ne quitte plus mes lunettes de soleil. Je suis comme une vieille actrice qui voyage incognito. Depuis ce cri hier, je suis envahie par les remords. La réalité me rattrape. Ma mère, Xavier, mon père, comment ai-je pu ainsi les rayer de ma vie ? Je n'ai pas souvent pensé à eux. Quand ça arrivait, je m'accrochais à cette idée de leur traîtrise. Ils m'avaient caché mes origines, je leur cachais ce que j'étais devenue. Je ne me sens plus si sûre de moi maintenant que je rentre. Que savent-ils ? Je ne leur ai laissé qu'une lettre quand j'ai quitté le Pays basque. Juste quelques mots pour leur dire adieu, dire que je les aimais.

Et ce cri ? Qui ?

Je descends bientôt à la gare de Saint-Jean-de-Luz. Si quelqu'un a pu me reconnaître dans la foule de Bordeaux, qu'en sera-t-il dans mon village natal ? Il est trop tard pour reculer. Je voudrais bien me raccrocher à quelque chose. Il y a de gros nuages à l'horizon, on dirait que le mauvais temps arrive. Dans mes écouteurs, Bob Dylan chante *Like a Rolling Stone.* Ça me prend par les tripes !

How does it feel ?
To hang on your own
With no direction home
Like a complete unknown
Like a rolling stone ?

Dimanche soir

Je n'ai pas encore traversé le pont au-dessus de la Nivelle, le pont qui me mènerait de Saint-Jean-de-Luz à Ciboure, mais je suis quand même arrivée. Arrivée alors que le temps tournait et que le vent se levait. J'ai juste posé ma valise à l'hôtel et suis allée revoir la place Louis-XIV, celle où mes parents m'amenaient l'été pour le *Toro de fuego* et la bataille de confettis. C'était le dimanche soir. On en achetait une grande poche et on se poursuivait avec des poignées de bouts de papier colorés. Le kiosque à musique au milieu de la place est toujours là, la maison du roi aussi et les bars n'ont pas trop changé. Depuis la place, je suis allée au port. Il y a beaucoup moins de bateaux que dans mon souvenir mais les quelques thoniers accrochés aux pontons sont toujours aussi colorés. Le vert, le bleu et le rouge des coques se mêlent au blanc des bastingages. Sur la gauche, la criée que l'on reconnaît facilement à son immense toit de tuiles attend le retour des pêcheurs.

Ciboure est là en face de moi, avec le clocher octogonal de son église et la maison natale de

Maurice Ravel. Dire que tu n'as jamais supporté son *Boléro* ! J'ai contemplé les lieux de ma naissance. D'où j'étais, impossible de voir la maison mais je savais qu'elle était là, derrière le premier rang des façades. J'ai pensé que sur un coup de tête je pourrais plonger dans le port et traverser pour gagner l'autre côté, là où j'avais grandi. Le vent a forci. J'ai marché sur le quai de l'Infante jusqu'au premier escalier avant la digue. Je n'étais plus séparée de mon passé que par l'entrée du port. Un jour, mon père m'avait embarquée avec son équipage pour une sortie en mer. J'avais assisté, médusée, à la prise du thon à la ligne. Le *peïta* avait été pêché tôt le matin, surtout des sardines pour appâter quand le premier banc serait en vue. Ce qui n'avait pas tardé. Les sept hommes à bord avaient saisi les cannes dès le premier repérage. On m'avait demandé de regarder tout ça depuis la cabine. À 12 ans, j'avais rechigné, je me sentais grande. Mais quand le ballet des hameçons et des piques s'était emballé, quand j'avais vu les poissons immenses venir frapper les plats-bords du bateau de plein fouet sous l'impulsion des lignes, j'avais été bien contente d'être à l'abri dans la cabine de pilotage. Les pêcheurs appâtaient, lançaient, ramenaient, aidés par leurs coéquipiers qui harponnaient les bêtes frénétiques qu'on jetait sur le pont dans des éclaboussures de sang. La pêche avait été si faste que nous avions pu rentrer le soir même, pour le plus grand soulagement de ma mère qui n'était pas très heureuse de m'avoir vue prendre le large.

En haut des marches, je me suis retrouvée au bord de la plage, devant la rade, avec l'océan pour horizon. L'émotion m'a donné un coup de chaud, mes mains sont devenues moites. Un intense vertige. Le sable, les digues, l'alignement des façades, la colline de Sainte-Barbe, le casino et Le Grand Hôtel à l'autre bout. J'ai grandi sur cette plage, les pieds dans les vagues. J'ai eu une envie pressante d'aller toucher la mer. Tu ne peux pas savoir quel bonheur j'ai eu à retrouver les sensations oubliées depuis un quart de siècle et les odeurs de mon enfance. Ça sentait le varech et le sel marin. Ça sentait la tempête. Les vagues étaient grosses au large. Elles venaient se fracasser avec régularité sur les digues. Les plus grosses explosaient près du fort de Socoa. La marée montait. Le vent forcissait. Je retrouvais le spectacle des fracas de l'océan quand la terre ferme brise son élan. Des gerbes d'écume montaient en flèche dans le gris du ciel avant de retomber au ralenti en crinières mousseuses sur les rochers. Le sable se tassait sous mes pieds. J'ai senti les premières gouttes de pluie en mettant mes deux mains dans l'eau au bout d'une vague qui mouillait mes chaussures. J'ai frotté mes mains avec le sable humide. J'avais à nouveau 3 ans, 7 ans, 12 ans sur la plage. J'aurais voulu me déshabiller et plonger mais ma mère me retenait pour m'enduire de crème solaire. Elle essayait de me badigeonner le bout du nez et moi de m'échapper. Elle s'exaspérait. Ce n'était qu'une question de minutes pour elle mais une éternité pour moi et mes 3 ans, 7 ans, 12 ans. J'ai suivi la plage vers Le Grand Hôtel. Je revoyais toutes ces maisons immenses sur ma droite où, à l'adolescence, nous rêvions d'habiter un jour. Sans en avoir conscience, nous aurions aimé vivre ici pour nous venger des injustices du passé alors que Ciboure était le dépotoir de Saint-Jean-des-Marais, Donibane Lohizune. Les marchands, les capitaines et les belles dames vivaient à Saint-Jean et on reléguait les gueux, les cagots, de l'autre côté de l'eau. Les lépreux, les déserteurs, les pestiférés, les fugitifs et les gitans vivaient en face. Les Luziens n'y venaient que pour s'y servir en travailleurs au rabais. Je te parle de tout ça, je prends le temps de t'écrire tout ça car j'ai voulu t'en parler tellement souvent. Si tu savais le nombre de fois où j'ai pensé qu'un jour on viendrait ici ensemble. Avec ces mots, j'ai un peu l'impression que tu es ici, j'ai un peu l'impression que tant que je t'écris, tout n'est pas fini. Et peu importe que ce soit une impression.

Je me suis mise à marcher sur la plage sans pouvoir m'arrêter, malgré le vent et la pluie qui redoublaient. J'ai continué jusqu'aux boutiques derrière le casino et sur la passerelle au-dessus de la thalasso. J'ai acheté un ciré jaune, repris la route jusqu'à la colline de Sainte-Barbe et gravi le petit chemin du parc pour arriver à la chapelle en surplomb. Une fois, quand j'étais enfant, il avait neigé ici. Ce n'était qu'une fine pellicule de neige, mais elle nous avait donné du plaisir pendant des heures. Nos parents avaient apporté des sacs-poubelle pour qu'on puisse glisser davantage sur l'herbe mouillée que sur la neige mais ça nous était égal : il neigeait. Un Québécois serait passé par là, il nous aurait trouvés ridicules. Ma mère m'avait raconté que de riches Anglais venaient jouer au golf ici à une autre époque. Il y avait aussi eu un fort au même endroit puis des bunkers pendant la Seconde Guerre mondiale. C'est d'ici que dans le film d'Eric Rohmer, Marie Rivière voit le rayon vert. Mais là, le ciel était bas, l'océan de plus en plus déchaîné. Les nuages m'empêchaient de voir la corniche en direction d'Hendaye, l'Espagne au sud et la Rhune là-bas à gauche derrière la ville. Tout était là même s'il ne restait sans doute pas grand-chose pour moi. Ma joie du retour se mélangeait au désarroi d'avoir tout perdu. J'embrassais du regard le monde de mon passé.

J'ai continué à suivre le sentier aménagé qui n'était qu'une piste vingt ans plus tôt en laissant l'océan sur ma gauche le temps de traverser le quartier où le nombre de maisons devait avoir doublé depuis mon enfance. Je n'en revenais pas. La pluie a ensuite commencé à tomber vraiment fort. Au lieu de me ralentir, ça m'a donné de la force, un second souffle. L'envie de foncer tête première dans l'averse. Je voulais aller plus loin. Il mouillait vraiment à siaux comme on dit en québécois. J'avais les pieds trempés mais mon ciré jaune faisait le travail. J'ai eu une pensée pour mon vrai père, celui qui partait toutes les semaines en haute mer, beau temps mauvais temps. À l'abri sous ma capuche, j'ai poussé jusqu'à la plage de Mayarco, celle où, enfant, j'avais vu mourir un cachalot. C'était comme rentrer du Québec à pied, comme parcourir ma vie à l'envers, comme si tout ça n'était jamais arrivé, comme s'il n'y avait jamais eu d'explosion à San Sebastián, comme si je n'étais pas remplie des regrets des rencontres manquées, comme si tu étais toujours là, comme si j'avais été mère et avais élevé mon enfant, comme si je n'étais jamais partie. J'ai marché sur la route, sur le trottoir, sur le sentier puis dans le sable. En arrivant à Erromardie, j'ai été surprise de lire le mot guinguette sur la maison de la plage. J'ai continué en traversant le ruisseau et en remontant la route. Le ciré me protégeait de l'averse mais pas de la sueur. Je montais et j'avais chaud. La pluie me piquait le nez et les yeux. Dans ma tête, c'était un vide et un tourbillon. Elle était là mon enfance, ma première vie d'un pays magnifique. Sur le parking de la plage Lafitenia, j'ai fait une pause sous un pin et j'ai réussi à allumer une cigarette. Il y avait de mon adolescence ici. À 15 ans, on venait y voir les couchers de soleil en mobylette, à 20 ans, en 205 ou en 4L. Les plus chanceux roulaient en combi Volkswagen.

Une pente à pic mène à la plage de Mayarco qui n'est pas très grande. À marée basse, une barrière de rochers ferme la baie et en fait une sorte de piscine protégée des vagues. C'était sans doute ce mur naturel qui avait à l'époque emprisonné le cachalot. Ou alors il était déjà blessé avant de venir terminer ces jours ici. Dans mon souvenir, je revoyais très clairement son œil et je ressentais la force des bras de mon père qui me portait. La plage était vide à l'exception d'un pêcheur. Il regardait son filin se perdre dans les bouillons de la tempête et se retournait de temps à autre vers moi. Ça me semblait fou et bizarre de pêcher par un temps pareil mais il avait l'air content d'être là à attendre que peut-être quelque chose arrive. J'ai eu très envie d'aller lui parler mais je me taisais depuis si longtemps que je suis plutôt partie me mettre à l'abri près du poste de secours fermé. J'avais oublié que je venais d'un des plus beaux endroits du monde. Je me revoyais ado sur mon surf. Je n'étais pas très bonne mais c'était toujours une excellente excuse pour partir en bande par tous les temps. Quand il m'a vue allumer une cigarette, le pêcheur est venu lentement vers moi, les mains dans les poches.

Il devait avoir la soixantaine et une barbe de quelques centimètres. Un béret noir couvrait ses yeux sous la capuche verte de sa veste de pêche. Il m'a demandé si je pouvais lui prêter mon briquet, le sien était vide. Nous avons fumé l'un à côté de l'autre en regardant vers le large. Je lui ai demandé si ça mordait, il m'a demandé si j'étais d'ici. Ça ne mordait pas et je revenais après une longue absence. Il m'a dit que si j'étais d'ici, c'était pour toujours. Je lui ai dit que j'avais un nom basque mais pas d'oncle en Amérique. Il a souri. J'ai dit que les choses avaient bien changé. Il m'a demandé depuis quand j'étais partie. J'étais partie à une époque où des jeunes foutaient encore le feu au McDo au nom de l'indépendance. Les choses avaient effectivement bien changé et ces revendications n'étaient plus à la mode. À l'heure des téléphones portables, il n'y avait plus personne pour manifester dans la rue. Il était déçu. Il n'était pas un grand militant mais il aurait aimé assister à la victoire des indépendantistes de son vivant. La violence avait fait tout échouer. Elle avait fourni au pouvoir l'excuse pour lutter contre le peuple et les partis autonomistes. J'étais gênée, je ne voulais pas parler de ça, alors je lui ai dit qu'il y a bien des années mon père m'avait amenée ici voir un cachalot échoué. Il a répondu qu'il s'agissait sûrement d'un animal perdu, c'était quelque chose d'inusité par ici. J'ai ajouté que j'en avais gardé un souvenir fort. Il m'a assuré que ça ne risquait pas de se reproduire de si tôt, que je ferais mieux d'acheter un billet de loterie plutôt que d'essayer de retrouver un cachalot. J'ai rétorqué la gorge serrée que ma chance avait tourné depuis longtemps. Il m'a regardée dans les yeux, m'a remerciée pour le feu et a conclu en disant que ce n'est pas la chance qui vous quitte, c'est vous qui la quittez. Il est reparti vers sa canne à pêche et je l'ai entendu dire quelque chose en basque qui ressemblait à *Euskal balea**. J'ai quitté la plage pour refaire le chemin à l'envers.

La pluie s'est arrêtée et je t'écris depuis une heure au Bar de la Marine en buvant des chocolats chauds. Je suis presque arrivée. Ma maison est de l'autre côté du port. Le bar où tout a commencé est là-bas. Il me suffira de traverser le pont au-dessus de la Nivelle et j'y serai. Mais là, je suis vidée. J'ai le voyage et la marche sous la pluie dans les jambes. Je vais aller manger quelque part.

---

* Baleine basque.

Sorgin

En basque, la *sorgin* est la sorcière. Au XVIIe siècle, Henri IV envoie dans le Pays basque, en Labourd, des émissaires avec les pleins pouvoirs pour juger et éliminer les sorcières de la région. Tortures physiques et psychologiques, confessions arrachées par la force, condamnations arbitraires, elles seront nombreuses à périr sur le bûcher. Seules pendant de longs mois, les femmes des pêcheurs partis à Terre-Neuve ainsi que les veuves, les gitanes et les kaskarots aux mœurs libres étaient des cibles idéales pour les magistrats bigots venus de Bordeaux et autres fanatiques de la morale répressive.

On estime à quarante mille le nombre de sorcières brûlées dans le contexte de l'Inquisition entre le XVIe et le XVIIIe siècle.

Ama Muskokoa Othoi Begira

Elle rentre à l'hôtel après le restaurant, après avoir dégusté un *marmitako,* du fromage de brebis et une bouteille de rioja, après la journée du retour, après la mer, la pluie, les souvenirs. Elle rentre et se sent différente. Elle rentre en pensant que de l'autre côté du port, il y a peut-être sa mère et son père, d'anciens amis, un monde oublié. Elle pense subrepticement à son indifférence pour son père biologique. Elle n'a jamais ressenti le besoin d'en savoir plus. Ça la ramène au cinéma avec Xavier quand ils étaient allés voir *Starbuck.* Tous ces jeunes qui voulaient retrouver le donneur de sperme de leur origine, c'était une bonne comédie, mais elle ne comprenait pas leur quête. Elle rentre engloutie par la balade du jour et ce cri dans le quartier Saint-Pierre à Bordeaux. L'a-t-elle vraiment entendu ?

Quand elle ouvre la porte de sa chambre, elle voit une feuille blanche posée sur le couvre-lit rouge. « Tu savais pourtant que tu n'avais pas le droit de revenir. » Elle vacille. Elle ne sait pas trop si elle ressent de la peur ou de la colère. Qui a mis ce mot ici ? Quand ? Elle est arrivée à peine quelques heures plus tôt. Comment est-on entré dans sa chambre ? Pourquoi cette menace ? C'en est donc pas fini d'ETA ?

Elle a besoin d'air. Elle interroge l'homme derrière le comptoir : quelqu'un l'a demandée ? Non. Elle sort de l'hôtel, fume dans l'air humide de la nuit et cherche une ombre. Quelqu'un en train de l'épier. Personne. Des voitures ralentissent aux abords du rond-point. Elle essaye de respirer calmement. Chaque cigarette la pousse à inhaler jusqu'au fond de ses poumons. À la troisième clope, elle comprend que tout ce qu'elle ressent n'est qu'une immense colère. Le grondement intérieur déclenché par la menace écrite la rend hargneuse, haineuse. Elle en tremble. Toute son envie de vengeance retenue depuis trop longtemps veut frapper quelque chose, personnifier l'injustice : celle dont elle s'est rendue coupable avec la mort d'une femme et son enfant, celle qu'elle a vécue par l'exil et le mensonge. Sans oublier cette violence qui a rejailli sur Xavier alors qu'il n'y est pour rien.

Elle est là à péter un plomb, à ne plus savoir ce qu'elle pense sinon qu'elle ramène tout à sa petite personne. Elle elle elle. Ça cogne dans sa tête. Le passé la fracasse. Une migraine lui vrille le cerveau.

Elle voudrait retrouver ceux dont elle a détruit la vie en prenant celle de leur fille et de leur petite-fille.

Elle voudrait retrouver ceux qui ont tué Manex.

Elle voudrait revoir Mikel.

Elle voudrait se venger.

Elle va vers le quai Ravel. Elle va monter jusqu'au cimetière. Elle veut voir la tombe de Manex.

Le ciel est noir. Elle entend le grondement des vagues. Elle marche jusqu'à la statue de la Vierge qui soulève son fils en un salut vers l'océan. Une mère et son enfant. Elle vient toucher la statue à l'endroit où sont gravés ces mots : AMA MUSKOKOA OTHOI BEGIRA GURE MARINELAK*. Elle a les jambes molles, la tête en feu. Le cimetière, voir la tombe de Manex, lui parler. Manex, pourquoi tu es tombé, pourquoi tu n'as pas couru plus vite ? Pourquoi ne suis-je pas revenue vers toi ?

Elle s'est adossée à la statue. La baie de Saint-Jean est illuminée. Une voiture noire passe et ralentit. Le conducteur la regarde. Le cimetière n'est plus très loin, mais c'était quoi cette voiture… Le remords l'accable. Elle a abandonné Manex, la mère et l'enfant sont morts par sa faute, elle a abandonné ses parents, elle a abandonné Xavier, elle a tout abandonné. Toujours abandonner, toujours courir pour s'échapper. Elle veut que ça cesse. Rentrer pour de bon. Faire face. Payer. Même si elle a déjà assez payé comme ça ? D'aucuns sont bien restés, ont continué à vivre ici.

Non, elle ne va pas aller au cimetière ce soir. Pas déranger les morts. Et les cimetières ici sont fermés la nuit. Comment sont-ils entrés dans sa chambre ? Elle revient sur ses pas, redescend vers le quai Ravel.

---

* Notre-Dame de Muskoa, protégez nos marins.

Elle n'aurait pas dû tant boire. Elle se rallume une cigarette, plus que cinq dans le paquet.

La voiture noire vient de repasser.

Elle a trop bu. Elle n'aurait pas dû finir cette bouteille de rouge.

Heurtoir

Le lendemain matin, elle pourrait avoir la gueule de bois mais non, elle se sent bien, presque sereine. Sa décision est prise. Elle sait exactement ce qu'elle va faire. Mais comme pour se donner du courage, elle va aller piquer une tête dans la baie avant d'annoncer son retour à ses parents. Ce qui lui paraissait impossible vingt-quatre heures plus tôt est désormais inéluctable. Une évidence.

Elle prend une serviette dans la salle de bains et le peignoir de l'hôtel, enfile son maillot sous ses vêtements. Dix minutes plus tard, elle frissonne en se déshabillant sur la plage. L'eau lui mord les chevilles, mais elle ne se laisse pas le temps d'hésiter. Elle se penche, prend de l'eau au creux de ses mains, se mouille le cou, les bras, les épaules. Les vagues sont petites et elle avance jusqu'à ce qu'elles lui lèchent le ventre. Puis elle plonge, se laisse glisser, remonte à la surface et nage à toute vitesse sur plusieurs mètres pour vaincre la morsure du froid sur son corps. Après une vingtaine de brasses, elle se met sur le dos, regarde la ville.

Elle l'a fait. Elle s'est enfin baignée à nouveau dans la mer de son enfance.

Elle respire à pleins poumons. Elle nage encore quelques minutes avant de regagner le rivage. Elle rejette ses cheveux en arrière, les essore du mieux qu'elle peut et s'enveloppe dans le peignoir de l'hôtel pour se réchauffer. Le soleil filtre derrière une couche de nuages grisâtres. Séchée et rhabillée, elle retourne au bar de la veille et commande un allongé et un croissant. Son petit déjeuner avalé, elle repasse à sa chambre pour se doucher. L'eau chaude après le bain froid la ramène au Québec en plein hiver, à cette sensation quand on passe de moins vingt degrés à l'extérieur à trente degrés à l'intérieur. Elle veut se faire belle sans exagérer. Chic et naturelle. Être elle-même. Une fois prête, elle prend acte qu'elle ne porte que du noir : chaussures, jean et chemise. Elle sort de l'hôtel. Le ciel est dégagé à présent. Elle regarde droit devant elle le pont au-dessus de la Nivelle avec les drapeaux de divers pays qui flottent dans la brise du large. En traversant le pont Charles-de-Gaulle, elle s'arrête devant les panneaux d'information accrochés à la rambarde qui présentent des moments de l'histoire basque : la chasse à la baleine, la pêche à la morue (*bakailao-arrantza*), l'installation à Saint-Pierre-et-Miquelon, le départ par milliers des Basques de Bayonne au milieu du XIXe siècle pour La Plata au Chili. On voit des photos d'hommes en chemises blanches et bérets noirs sur les ponts de bateaux anonymes ou en train de tondre des moutons en Californie.

Elle reprend sa marche. Elle sera *chez elle,* oui, à la maison, dans quelques minutes. Son pouls s'accélère. Elle laisse la criée sur sa droite puis le monument aux morts sur sa gauche où une sorte d'ange ailé et casqué bénit un soldat mourant. Après le rond-point, elle lit non sans déplaisir les panneaux routiers bilingues, ceux-là mêmes qui étaient si souvent vandalisés dans sa jeunesse : Hendaye – Hendaia, Socoa – Zokoa, Office de tourisme – Turismo Bulegoa, Plages – Hondartzak. Les militants recouvraient les noms français de peinture noire.

Elle remonte la rue de son enfance et s'arrête devant la porte en bois rouge. Sur la boîte aux lettres, son patronyme n'a pas changé : M. et Mme Etchebaster. Seule la mention « et leur fille » a disparu. Elle frappe avec le heurtoir en forme de baleine renversée et retient son souffle. C'est Pierre qui vient ouvrir. L'expression de surprise dans ses yeux : il l'a reconnue immédiatement.

— Oyana !

— Papa !

Ils se tombent dans les bras. Éclatent en sanglots. Après leur étreinte, il la tient par les épaules devant lui pour mieux la regarder, il crie : « Maïté ! Maïté ! » La maison n'a pas changé. Sa mère est assise dans un grand fauteuil au salon devant la télé. Elle est devenue immense avec l'âge. Oyana peine à la reconnaître. Se lever et marcher doit être un grand effort, ça se voit sans qu'elle bouge. D'ailleurs, elle reste assise et ne fait que tendre les bras en silence pour attirer le front de sa fille vers ses lèvres. Elle garde la tête d'Oyana penchée vers elle entre ses mains, comme ça, longtemps. Oyana sent les lèvres sèches de sa mère trembler sur son front, les mains ridées trembler sur ses tempes. Quand la pression se relâche, Oyana se blottit un instant au creux de ce corps qui lui reste familier malgré le poids des années et l'odeur de vieillesse qui en émane.

Ils ne savaient pas quand cela arriverait mais ils n'ont jamais voulu croire qu'ils ne se reverraient pas. Il y a un moment de flottement. Les yeux de la mère disent pourquoi, ceux du père disent merci. Comment vont-ils ? Miren leur a-t-elle bien donné la lettre qu'elle lui avait remise pour eux ? Ils l'ont eue. Miren vit depuis longtemps à Bordeaux. Elle vient au moins une fois par an les saluer quand elle est en visite chez ses parents à Hendaye. Elle a maintenant un grand fils de 20 ans. Oyana raconte qu'après le Mexique elle a refait sa vie au Canada avec un homme. Il est médecin. Quand elle a su pour la fin de l'ETA, il fallait qu'elle revienne. Elle ne pouvait pas faire autrement. Alors, à grands traits, elle raconte. Un peu comme elle a écrit à Xavier. Ses parents savent l'essentiel. Ce n'était un secret pour personne qu'elle était partie à cause d'histoires pas très claires en lien avec l'ETA. L'organisation n'existe plus. Ils sont soulagés. Ils n'en reviennent pas de la voir, devant eux, après tant d'années.

Pierre lui propose de venir avec lui chercher le pain à la boulangerie. C'est un peu une excuse pour qu'il puisse lui dire en tête à tête qu'elle doit ménager sa mère, ne pas trop parler du passé. Oyana dit qu'après le repas elle ira au cimetière voir la tombe de Manex. Elle voudrait aussi revoir Mikel. Est-ce que tu te souviens de lui ? Oui, et il s'est toujours douté qu'il était pour quelque chose dans le départ de sa fille. Pierre se souvient de lui parce que Mikel travaille sur un bateau de pêche depuis longtemps. Il l'a souvent croisé dans le port. Comme plusieurs autres, ce Mikel a choisi la vie en mer pour se faire oublier. Comme plusieurs autres qui ont des choses à cacher, il part au large comme un soldat part en permission. Le dur travail sur les bateaux est pour ces hommes un moment de trêve où ils n'ont plus à se méfier du monde. Pierre dit qu'en passant quelques coups de fil il pourrait certainement arriver à contacter Mikel.

C'est fait en début d'après-midi alors qu'Oyana marche en direction du cimetière, remonte vers Socoa depuis le quai Ravel. Dans sa ligne de mire, la statue bleu et blanc de la Vierge. C'est comme si elle n'était jamais partie. Elle est venue ici si souvent.

La tombe est fleurie. Elle pose la main sur la pierre tombale. Manex est là avec deux dates : vie et mort. Qu'aurait été sa vie à elle sans cette mort ? C'est la première fois en vingt-trois ans qu'elle revient mais c'est la dernière fois, elle le sait. Elle ne reviendra plus dans le cimetière de Socoa. Adieu Manex.

La mer est belle. Ce sera bientôt l'été et durant deux mois les plages seront bondées. La ville se transformera en station balnéaire. Longtemps les violences politiques ont sauvegardé la région du développement touristique. Cette époque est plus que révolue.

Ses parents n'en savent rien mais dans sa tête tout est déjà décidé. Elle leur a promis qu'elle dormirait dans sa chambre cette nuit. Elle passe donc à l'hôtel récupérer ses affaires et tire sa valise à roulettes jusqu'à la maison. C'est encore Pierre qui lui ouvre. Il l'aide à monter son bagage à l'étage. Dans la chambre, il lui dit qu'il a parlé à Mikel. Si elle veut, elle peut aller le rencontrer ce soir à Hendaye. Il sera au Kanttu vers dix-neuf heures. Pierre peut la conduire ou lui prêter sa voiture.

— Non, j'irai seule, dit Oyana.

Sous un néon jauni

Elle roule sur la route de la corniche avec l'océan sur sa droite. Se délecte du paysage. De cette côte magnifique. Elle passe devant le bunker toujours tagué puis emprunte le rond-point. Elle connaît ce trajet par cœur. Elle s'arrête dans le parking avant le practice de golf pour prendre le temps de regarder les vagues frapper les falaises de roches striées qui s'étirent en lignes droites vers le large. Toutes ces années, la mer lui a vraiment manqué. Debout face au large elle pense au lendemain. Elle se rendra au commissariat de Saint-Jean tôt le matin. Elle n'a aucune idée de ce qui peut lui arriver en allant se dénoncer. En face d'elle, là-bas, de l'autre côté, il y a son autre vie. Il y a Xavier. Ce soir, elle va ouvrir sa messagerie électronique. Elle va lui envoyer les mots des derniers jours et certainement lire les siens. Avec le ciel et la mer à perte de vue, elle a une grande sensation de liberté. Est-ce qu'on va la croire ? Elle reprend la voiture et aperçoit bientôt la baie de Loya. C'était l'endroit parfait pour flâner. On y accédait par un petit sentier caché dans les bois. Elle y était venue quelquefois avec Manex. En bas de la côte, après le village vacances, ça remonte vers le château d'Abbadia, les campings sont sur la gauche. Elle arrive au rond-point des Deux Jumeaux, ces deux bouts de falaises érodées à l'extrémité de la plage d'Hendaye. En voyage avec Xavier en Gaspésie, le Rocher Percé lui avait rappelé les Deux Jumeaux. Elle s'est toujours demandé d'où venait ce pléonasme. Des jumeaux, c'est forcément deux. Elle roule maintenant sur le boulevard de la Mer. Elle s'y retrouve mais on a beaucoup rénové, transformé. Heureusement, l'eau et le sable se rencontrent toujours au même endroit. Elle dépasse le casino et trouve une place de parking presque en face du bar. C'est lundi soir, il n'y a pas foule.

Elle a à peine poussé la porte qu'elle reconnaît Mikel seul à une table. Il lève la tête au même moment. Ses yeux sont fatigués. On lui donnerait le double de son âge. Oyana vient s'asseoir devant lui. Ils se fixent un long moment avant qu'il ne dise : « Ça me fait plaisir de te revoir. » Elle répond : « Moi, je ne sais pas. Ça fait vingt-trois ans que je suis partie et ça fait vingt-trois ans que je me demande si tu savais. Est-ce que tu m'as menti ? Est-ce que tu savais ce qui allait se passer ou tu n'en savais rien ? C'est ce que je voudrais savoir. »

— Et tu crois que ça changerait quelque chose, maintenant ?

— Pour moi, oui.

— Ça changerait quoi ?

— J'aurais moins l'impression de m'être fait avoir.

— Je te rassure. On s'est tous fait avoir un jour ou l'autre. Je ne peux pas te dire grand-chose d'autre. Dommages collatéraux. De toute façon, tout ça est loin. C'est de l'histoire ancienne. Toi, tu t'en es sortie. Tu as l'air bien. Moi aussi j'ai plus ou moins fini par m'en sortir. J'ai tiré un trait.

— Tu ne trouves pas que c'est un peu facile, Mikel ? L'ETA n'existe plus et tout est effacé ?

— Pour moi, tout est effacé depuis longtemps.

— Pas pour moi, justement.

— Et tu veux faire quoi ?

— Je vais me dénoncer. J'ai décidé d'aller voir les flics pour tout leur raconter.

— C'est de la merde. Plus personne ne veut de ces histoires. Tu es revenue pour ça ? Tu aurais mieux fait de rester là où tu étais. Y a rien à dire. Tout est fini !

— Pas pour moi. Tu ne repenses jamais à cette mère et sa fille ?

— Si tu savais.

— Si je savais quoi ?

C'est comme ça qu'elle se retrouve dans la voiture de Mikel en direction de la vieille ville. Ils passent devant la gare, celle-là même où eut lieu la fameuse entrevue d'Hendaye entre Hitler et Franco. Une fois traversé le pont de la Bidassoa, ils sont à Irun en Espagne. Quelques virages et une fois dans le centre-ville, Mikel gare sa 306 devant un immeuble d'appartements près du quartier des bars à tapas. De nervosité, Oyana a enchaîné cigarette sur cigarette. Ils sortent de la voiture et empruntent un escalier jusqu'au deuxième étage. Mikel frappe à une porte. Une vieille femme leur ouvre. Il dit juste : c'est elle. Elle regarde Oyana droit dans les yeux, lui fait signe de la suivre, l'invite à s'asseoir à une table de cuisine sous un néon jauni. Mikel reste debout, en retrait. La vieille femme va chercher une photo dans le salon et la tend à Oyana. Un jeune couple avec une fillette. D'une voix lasse et dure, avec un très fort accent espagnol, elle se met à parler en français.

— C'est ma fille Ana, avec son mari Patxo et ma petite-fille Amaya. Patxo était un militant basque et il a entraîné Ana avec lui. Si Ana ne l'avait jamais rencontré, elle serait peut-être encore en vie, et Amaya aussi. Patxo a été torturé en prison et il a trop parlé. Quelques semaines plus tard, une camionnette a explosé à Donostia le 5 mai 1995 près d'un poste de police au moment même où Ana et la petite venaient chercher des documents en rapport avec Patxo et la prison. Il y a ceux qui croient que des membres de l'organisation ont voulu punir Patxo et ceux qui croient que la police a placé un détonateur sous *votre* camionnette.

Elle lève les yeux vers Mikel, qui baisse la tête. Oyana pleure en silence. La vieille femme la regarde à son tour. Elle lui prend les mains et demande si elle veut un verre d'eau. Mikel s'approche de l'évier. Oyana ne veut rien.

— Le nationalisme est quelque chose de juste pour les pauvres qui veulent se libérer de ceux qui les oppriment mais il est monstrueux quand ceux qui ont le pouvoir l'utilisent pour opprimer les pauvres. Dans la mort, il n'y a que des innocents, n'est-ce pas, Mikel ?

Oyana dit qu'elle ne savait pas. Elle ne voulait pas ça. Elle avait un ami. Il est mort aussi, mort pour rien. Elle a voulu comprendre. Son père était membre de l'ETA. Elle ne l'a pas connu. Elle était bébé. Elle a rencontré Mikel puis elle a conduit la camionnette. Mais maintenant elle va assumer, même si ce n'était pas un choix. Elle va faire face. Elle a froid. Elle ne sait plus trop comment Mikel a pu l'amener ici. Elle ne sait plus trop où elle en est. Elle sait qu'elle a décidé d'aller jusqu'au bout, qu'elle a pris la décision de tout assumer. Elle regarde Mikel. Il a vraiment l'air beaucoup plus vieux qu'elle. Elle veut partir. Quitter cet appartement. Elle veut que Mikel la ramène à Hendaye pour en finir au plus vite. Demain matin elle ira au commissariat, dit-elle.

La vieille femme lui lâche les mains. Elle se lève et rapporte la photo dans le salon. Oyana se lève aussi et fait comprendre qu'elle veut s'en aller. La vieille les raccompagne à la porte. Avant de refermer derrière eux, elle jette un regard à Mikel et lâche :

— Oui, il faut savoir y mettre un terme. Adieu.

Ils descendent l'escalier et reviennent à la voiture.

— Tu vois, tout est fini, dit Mikel.

Sa voix est triste.

Oyana ne répond pas et s'allume une autre cigarette. Ils reviennent à Hendaye dans un lourd silence, lourd du passé, des mensonges d'une vie, des non-dits de l'existence, un silence qui dit l'impossibilité de tout expliquer.

— Ça ne servait à rien de revenir. Tu as eu la chance de refaire ta vie loin de tout ça. Tu devrais repartir au Canada.

— Peut-être mais je suis revenue. Et je vais assumer.

Son corps lui fait mal. Sa tête est lourde mais ce n'est plus la migraine cette fois-ci, c'est seulement la fatigue. Elle voudrait déjà être dans le lit de son enfance. Dormir et ne penser à rien pendant quelques heures. La voiture file : à nouveau le pont de la Bidassoa, la frontière entre l'Espagne et la France mais toujours le même pays, le Pays basque, *Euksal Herria.*

Moi, Juan Carlos Ier

Afin que nul ne l'ignore, sachez que les *Cortes Generales* ont approuvé avec le caractère organique la loi suivante que MOI, JUAN CARLOS Ier, ROI D'ESPAGNE, sanctionne :

Article 1

Le peuple basque ou *Euskal Herria*, en tant qu'expression de sa nationalité, et pour accéder à son gouvernement, se constitue en communauté autonome dans l'État espagnol sous le nom de *Euskadi* ou Pays basque, conformément à la Constitution et avec le présent statut, qui est sa norme institutionnelle de base.

Article 6.1

L'*euskera,* langue propre au peuple basque, aura, comme le castillan, le caractère de langue officielle en *Euskadi* et tous ses habitants ont le droit de connaître et d'employer les deux langues.

Palais royal de Madrid, le dix-huit décembre mille neuf cent soixante-dix-neuf.

Parking

Mikel n'a pas pris la bonne sortie au dernier rond-point. Ils ne vont pas vers la plage mais vers la baie de Txingudi. Ce n'est pas là qu'elle est garée.

— Qu'est-ce que tu fais ?

— Il faut que je passe par ici.

Elle ne comprend pas. La voiture s'arrête dans le parking d'un magasin de sport à côté d'une voiture noire, qu'elle reconnaît et dans laquelle cette fois deux hommes attendent. Ils sortent, s'approchent, ouvrent la portière pour faire descendre Oyana qui résiste. Mikel ne dit rien, visage fermé, figé, immobile dans la 306.

Un des deux hommes saisit Oyana et la sort de la voiture. Elle se débat, donne des coups comme elle peut mais l'autre la ceinture par-derrière. Elle rejette d'un coup la tête et l'atteint en plein milieu du visage. Un craquement. Il gueule et lâche prise. Elle a dû lui casser le nez. Oyana court déjà droit devant elle dans le parking vide, l'autre homme à ses trousses. Nez cassé pissant le sang remonte dans la voiture noire et démarre. Oyana court vite. Il n'y a que l'eau devant au bout du parking. Elle va devoir s'y jeter. Elle entend la voiture rugir dans son dos et les pas de celui qui la poursuit. Il va la rattraper, elle le sent. La voiture surgit brusquement à cinq mètres devant elle et lui coupe la route. D'un seul mouvement, Oyana se laisse tomber en boule et le type qui allait se saisir d'elle bute contre son corps, s'étale par terre de tout son long. Un cri. Il s'est fait mal. Oyana repart de l'autre côté. Court comme une dératée vers la sortie du parking. Avec une seule chose en tête, la voiture de son père, garée devant le Kanttu. Elle est à bout de souffle mais le type, lâché, claudique loin derrière. Des pneux crissent, des moteurs rugissent. La voiture noire s'apprête à nouveau à lui couper la route quand la 306 de Mikel vient s'encastrer dans la porte du conducteur, avec tant de force que le véhicule fait un demi-tour sur lui-même et s'immobilise. Le boiteux s'est arrêté sans comprendre. Oyana continue à courir sans se retourner.

Elle ne voit pas Mikel sortir de sa 306 avec une barre de fer. Elle ne voit pas le geste ample et puissant qui frappe le boiteux. Elle n'entend pas le bruit de la boîte crânienne qu'il défonce d'un seul coup. Elle ne sait pas que Mikel accède à la voiture noire par la porte du passager quand elle atteint le rond-point en essayant de reprendre sa respiration. Nez cassé est inconscient. Mikel lui enroule sa ceinture de sécurité autour du cou et tire le temps qu'il faut pour que sa poitrine s'affaisse dans un dernier souffle. Oyana ne voit rien de tout ça, elle court. Tant bien que mal.

Elle a tout oublié des raisons qui l'ont fait revenir. Elle a tout oublié de ses belles résolutions de repentance. Elle voudrait être à Montréal. N'avoir rien dit à Xavier, n'avoir jamais pris l'avion. Elle court comme elle peut.

Elle tremble en s'efforçant de mettre la clé dans la serrure de la voiture, s'affole pour démarrer. Ça y est. Ses poumons vont exploser. Surtout ne pas rouler trop vite. Elle reprend le boulevard de la Mer et la route de la corniche.

Dans sa tête, il y a Xavier. La flamme était morte. Sinon, est-ce qu'elle aurait fait ça ? Elle voulait autre chose. Comment le dire ? Elle a laissé passer le temps et couler avec. Elle a eu une raison pour partir. Ne plus penser à l'enfant mort en elle, aux tours en feu, à l'enfant mort à cause d'elle. Le mensonge des parents sur ses origines. Son incapacité à parler.

Enfant, à Hendaye, elle avait trouvé un cheval de mer sur la plage, raide et tout sec. Il était devenu son porte-bonheur.

C'est tout petit un hippocampe.

Une dernière lueur rose à l'horizon, il fait noir sur la route en lacets. Les vagues viennent mourir près du cachalot échoué. Elle est en nage mais respire mieux maintenant. Elle a soif. Les phares des voitures en sens inverse lui font mal aux yeux.

Sans l'ETA, que restera-t-il ? Xavier, lui, parlait du FLQ. Il parlait des nègres blancs d'Amérique, d'un pays meurtri. Ce n'était pas son pays à elle. Mais le Pays basque sans l'ETA… L'indépendance impossible adviendra-t-elle un jour ? Au Québec, il y avait eu 1980. Après 1995, le mouvement s'était essoufflé. Trop de générations brisées auxquelles on voulait imposer une autre histoire, une autre langue.

La langue. Toujours la langue.

Hitz Egin

Eugène Green à propos de son film *Faire la parole* (2015)

En basque, pour dire parler, au lieu d'utiliser un verbe on dit *Hitz Egin,* ce qui veut dire littéralement « faire parole ». Et je pense que c'est un des éléments qui montrent que la langue basque est un témoignage vivant de la naissance du langage. Le fait de « faire la parole », c'est une sorte de miracle. Et donc on l'exprime quand on veut faire référence à ce miracle, on dit littéralement « faire parole » ou « faire la parole ».

Minée par deux siècles de rationalisme matérialiste, l'Europe du XXe siècle s'est autodétruite dans une série de folies meurtrières, toutes puisant leur origine dans une tentative de créer par la Raison un être nouveau. Le nationalisme raciste et belliciste, le fascisme, le communisme, le scientisme se sont succédé comme « croyances modernes » : de Verdun à Auschwitz, des goulags à Tchernobyl, l'homme européen s'est éloigné de ce qui auparavant avait constitué son humanité, et toujours au nom d'une pensée se voulant rationnelle. Le Pays basque a subi, de près ou de loin, toutes ces horreurs, et s'est trouvé au cœur de la guerre d'Espagne qui, en quelque sorte, les résume. Mais alors que notre continent demeure aujourd'hui en état de choc, incapable de se rendre compte de ce qui lui est arrivé, et encore moins de réagir, en *Euskal Herria*, qui représente probablement l'aire européenne de la plus longue continuité de langue et de civilisation, on constate encore une certaine adéquation entre la terre, ses habitants, et l'idiome qui constitue la base de leur vision du monde.

Dans le monde actuel, où à une échelle planétaire l'homme est en train de perdre sa spécificité et sa place, l'une et l'autre ayant leur origine dans la *parole*, les Basques constituent un foyer de résistance, et un modèle qui pourrait rendre à l'Europe, ce continent qui ne sait plus ce qu'il est, et qui ne croit plus en rien, le moyen de comprendre son passé, de se préparer un avenir, et surtout de vivre son présent.

Dommages collatéraux

Dans les phares, les panneaux bilingues comme une schizophrénie, qui est un peu la sienne. Ça monte et ça tourne et ça descend, et elle repasse devant le bunker, vestige du mur de l'Atlantique : *Atlantikwall.* Mikel qui parlait de « dommages collatéraux ». Son sauveur. Quelle ironie.

Dommages collatéraux.

Chaque fois qu'un corps tombe, il tombe inutilement. Il tombe de s'être trouvé dans un camp. Et les corps tombent parce que ceux qui les font tomber ont déjà perdu. Ils n'ont plus que leurs armes pour exister. Outil des faibles et de leur bêtise. Se regrouper et s'entretuer. Victimes et bourreaux à ajouter aux victimes et bourreaux. Des clans qui n'existent qu'en se dressant les uns contre les autres. Soldats troupes armées prisonniers pour tracer la ligne d'une frontière un peu plus à gauche ou un peu plus à droite. Kalachs tanks avions de chasse pour prier à genoux vers Rome, la tête au sol vers La Mecque, les mains en l'air vers ailleurs. Tas de chairs pour la prochaine catastrophe.

Nous sommes des milliards et plus personne hors d'atteinte. Nulle part où aller sinon en soi.

La lumière intermittente du phare de Socoa ponctue ses pensées, la ramène à la réalité. Son enfance, son enfance à jeter du pain aux mulets, à lancer des francs dans la fontaine, à attendre le retour de son père pêcheur, à jouer à la pala entre filles et garçons. La balle qui frappe le mur. Et son pouls qui pulse comme la lumière du phare.

Marcheprime

Le soir même, Oyana ne reste pas à Ciboure. Le soir même, tout a changé. Ses parents comprennent qu'ils ne peuvent rien. Ils ont au moins eu la chance de la revoir. Elle doit partir. Elle dit qu'elle reviendra. Est-ce qu'elle peut garder la voiture ?

Elle roule plus d'une heure sur l'A63. Traverse l'Adour et les Landes. Les alignements de pins dans la pénombre se laissent deviner. À partir de la sortie pour Arcachon, le trafic se densifie. Elle n'en peut plus mais continue. Quand elle se sent assez loin de chez elle et qu'à la sortie de Marcheprime elle voit le mot Hôtel, elle s'arrête et prend une chambre pour la nuit.

Une fois au lit, elle se connecte à sa messagerie. Il y a un message de Xavier. Daté du 17 mai.

Oyana Etchebaster

Ah, tu m'en as collé une bonne, direct du droit, crisse de claque en pleine face. À te lire, vingt-trois ans de vie commune balayés sous le tapis. Et la révélation du siècle : la femme que j'ai aimée toutes ces années est une menteuse de classe internationale ! Vous pensiez la connaître ? Eh bien non ! Elle n'est rien de tout ça ! Les grandes stars d'Hollywood peuvent aller se rhabiller : l'Oscar du plus long rôle, c'est pour elle ! La Montréalaise d'adoption éprise d'un jeune anesthésiste a berné tout le monde. Elle a même réussi à lui faire croire qu'elle voulait un enfant de lui. Et elle n'est pas ce qu'elle prétendait. Même pas orpheline. Elle n'a pas grandi au Mexique, elle est Oyana Etchebaster, la faucheuse de San Sebastián !

Pour évacuer, il fallait que j'en passe par le sarcasme. Parce que ta fuite a quand même été un choc.

Puis je t'ai relue. Et j'ai commencé à me demander comment j'allais moi-même te dire ce que je voulais te dire sans que cela tienne de la revanche. Parce qu'après toutes ces années, nous voilà à égalité.

Je sais tout depuis le début, Oyana.

Et comme tu n'as jamais su que je savais, place à ma version. Elle m'était interdite tant que tu ne brisais pas ton silence. Alors je t'en veux et je te remercie à la fois.

J'en étais arrivé à croire que tout cela était de l'histoire ancienne, que tout était oublié, derrière toi et derrière nous, mais l'Histoire et les histoires qu'elle engendre ont la peau dure. C'en est toute la tragédie. On ne peut rien effacer. On peut tenter d'ajouter pour que ce qui était déjà là pèse moins au fil du temps mais effacer, oublier, on ne peut jamais.

Ma vie se ramène à ça : endormir les gens pour leur faire oublier le mauvais moment de l'opération. Je sais pertinemment qu'on ne s'en remet jamais tout à fait. Le corps se souviendra toujours. On a beau endormir l'intelligence, les entrailles consignent toutes les traces.

J'ai toujours su qui tu étais.

Je le savais avant même notre première rencontre dans cet hôtel de Mexico. Je sais que tu as été partie prenante d'un attentat à San Sebastián en mai 1995.

Une stricte vérité.

Ta lettre de lundi dernier ne m'a pas démoli comme elle aurait dû le faire. La vraie surprise, c'était que tu avais enfin craqué. J'en étais arrivé à vivre sans peine avec ton histoire. Je ne croyais plus le mensonge nécessaire. Et puis il a fallu que tu fasses ce que tu as fait.

Je ne suis pas sorti pendant trois jours, K-O de cette fuite brutale. Puis j'ai téléphoné à mon père. C'est par lui que tout ça est arrivé. C'est lui le militant pour l'indépendance du Québec, qui a tissé des liens avec les indépendantistes d'*Euksal Herria*. Il en a aidé plusieurs à venir ici.

Tu n'es pas la seule à avoir refait ta vie.

Mon père a connu ton père. Quand il a su que tu étais au Mexique et qu'un congrès m'y appelait, il m'a demandé de prendre de tes nouvelles. Mon père a été en prison en 1970 à la suite de l'instauration des mesures de guerre au Québec pendant la Crise d'octobre. C'est après ça qu'il est devenu un membre important d'un réseau d'aide aux militants. Je devais simplement voir si tout se passait bien pour toi. J'aurais pu ne jamais t'adresser la parole.

Tu connais la suite. Elle était imprévue, improbable.

Au début mon père m'en a voulu. Il avait peur pour moi, pour nous. Et puis il s'y est fait, tout comme moi. Je savais que tu avais été victime d'une bavure. Mon père avait des contacts réguliers avec l'ETA. J'en connaissais les grandes lignes et, d'une certaine manière, je voulais te sauver de tout ça. Après tout j'étais médecin. J'avais juré d'être fidèle au serment d'Hippocrate qui édicte cette règle : « Quoi que je voie ou entende dans la société pendant, ou même hors de l'exercice de ma profession, je tairai ce qui n'a jamais besoin d'être divulgué, regardant la discrétion comme un devoir en pareil cas. »

On a vécu ensemble toutes ces années jusqu'à ce que tu décides, face à tes démons, que tout ça ne valait rien. Soudain je ne compte plus. Oui, ça pouvait arriver un jour mais j'avais fini par me convaincre que je me trompais. Je savais que tu ne devais pas retourner en France. Tu m'en aurais parlé, j'aurais tout fait pour t'en dissuader. J'aurais fini par tout te dire. Parce que je t'aime. Ton secret, tu l'as avoué avant moi mais pas devant moi. De ça, je t'en veux, c'est vrai.

Pendant ces trois jours je t'ai relue et je t'ai suivie grâce à ta carte de crédit. Je n'ai pas compris ce que tu foutais à Trois-Rivières. Je pensais que tu rentrerais le lendemain. Et puis tu as acheté un autre billet d'avion et j'ai vu que tu avais réservé un hôtel à Paris. J'ai pensé à un moment t'y rejoindre, venir te récupérer, mais l'impulsivité je n'en voulais pas. Pas pour moi. Ce qui était fait était fait.

J'étais triste et en colère. Et je le suis encore.

Quand mon père a su que tu étais repartie pour le Pays basque, il a simplement dit : « On ne peut rien faire. Il n'y a rien à faire, patiente. » Je ne sais pas encore trop quoi dire à nos amis, à mes collègues. Tu es censée être en voyage à New York où tu as rejoint une ancienne amie de Mexico. Banal, mais c'est tout ce que j'ai trouvé pour l'instant.

J'ignore tes intentions. Je vais attendre que tu daignes reprendre contact. J'espère que tu as retrouvé tes parents. Je sais qu'ils sont toujours à Ciboure. Mon père m'a dit que la fin de l'ETA était une étape et il pense que tu reviendras. « Ceux qui portent un rêve peuvent disparaître, cela ne fait pas disparaître leur rêve », a-t-il ajouté.

Dilemme

Deux somnifères ont à peine suffi à lui faire traverser la nuit. Oyana a eu des rêves de fièvre dans lesquels des baleines engloutissaient des hippocampes à tête humaine. Elle s'est levée avec le jour. Elle étouffe dans cette chambre trop petite. Elle ramasse ses affaires rapidement. Elle sort de l'hôtel. Il n'y a que deux voitures sur le parking, la sienne et une autre. Il y a quelques pins rachitiques sur sa gauche, un terrain vague gagné par les ajoncs et les fougères sur sa droite. En face, le défilé des camions et des voitures lui monte à la tête. Elle met sa valise dans le coffre et s'installe au volant. Au moment de démarrer, de tourner la clé, elle hésite une seconde en pensant à l'attentat contre Carrero Blanco, à la mort de son père et à l'explosion de la camionnette à San Sebastián.

Éric Plamondon au Livre de Poche

Taqawan n° 35321

« Ici, on a tous du sang indien et quand ce n'est pas dans les veines, c'est sur les mains. » 11 juin 1981. Trois cents policiers de la sûreté du Québec débarquent sur la réserve de Restigouche pour s'emparer des filets des Indiens mig'maq. Émeutes, répression et crise d'ampleur : le pays découvre son angle mort. Une adolescente en révolte disparaît, un agent de la faune démissionne, un vieil Indien sort du bois et une jeune enseignante française découvre l'immensité d'un territoire et toutes ses contradictions. Comme le saumon devenu taqawan remonte la rivière vers son origine, il faut aller à la source… Histoire de luttes et de pêche, d'amour tout autant que de meurtres et de rêves brisés, Taqawan se nourrit de légendes comme de réalités, du passé et du présent, celui notamment d'un peuple millénaire bafoué dans ses droits.

Du même auteur :

Taqawan, Le Quartanier, 2017, Quidam éditeur, 2018
Donnacona, Le Quartanier, 2017
1984, Le Quartanier, 2016
Hongrie-Hollywood Express, Le Quartanier, 2011, Phébus, 2013
Mayonnaise, Le Quartanier, 2012, Phébus, 2014
Pomme S, Le Quartanier, 2013, Phébus, 2014
Ristigouche, Le Quartanier, 2013

PAPIER À BASE DE FIBRES CERTIFIÉES

Le Livre de Poche s'engage pour l'environnement en réduisant l'empreinte carbone de ses livres. Celle de cet exemplaire est de :
150 g éq. CO_2
Rendez-vous sur
www.livredepoche-durable.fr

Composition réalisée par PCA

Achevé d'imprimer en France par
CPI BRODARD & TAUPIN (72200 La Flèche)
en décembre 2020
N° d'impression : 3041233
Dépôt légal 1re publication : janvier 2021
LIBRAIRIE GÉNÉRALE FRANÇAISE
21, rue du Montparnasse – 75298 Paris Cedex 06

PRIX DES LECTEURS
SÉLECTION
2021

64/2818/8